新 潮 文 庫

新潮ことばの扉

教科書で出会った名詩一〇〇

石 原 千 秋 監修
新潮文庫編集部 編

教科書で出会った名詩一〇〇◆目次

Ⅰ　人間の不思議に触れる詩

Ⅳ　ことばの響きを味わう詩

V　心が浮き立つ詩

このアンソロジーは、一九五〇年代から二〇一〇年代までの、小学校、中学校、高等学校の国語教科書に収録された詩の中から一〇〇作品を選んだものです。

作品の選定にあたっては、『読んでおきたい名著案内　教科書掲載作品　小・中学校編』『読んでおきたい名著案内　教科書掲載作品13000』（日外アソシエーツ刊）をはじめ、各社刊行の国語教科書を資料として参照しました。

作品表記は、巻末にまとめて列記した出典に準じましたが、読みやすさを考慮し、漢字の正字表記は新字に改めました。また、一部の作品は抄録としました。

作者略歴と初出は、脚注に記載しています。

ルビは原典にあわせて振り、さらに難読と思われる漢字に補いました。

新潮文庫編集部

新潮ことばの扉

教科書で出会った名詩一〇〇

Ⅰ　人間の不思議に触れる詩

こだまでせうか　金子みすゞ

「遊《あす》ばう」つていふと
「遊ばう」つていふ。
「馬鹿《ばか》」つていふと
「馬鹿」つていふ。
「もう遊ばない」つていふと
「遊ばない」つていふ。
さうして、あとで
さみしくなつて、

かねこ・みすず
（一九〇三〜三〇）
山口県生れ。夫との不仲が元となり、二十六歳で服毒自殺するまで五百十二編の詩を三冊の手帳に遺した。東日本大震災の際に、本作を朗読したテレビCMが放映され、注目を集めた。

「こだまでせうか」……『さみしい王女　新装版金子みすゞ全集Ⅲ』（一九八四年・JULA出版局刊）

「ごめんね」つていふと
「ごめんね」つていふ。

こだまでせうか、
いいえ、誰でも。

雪　三好達治

太郎を眠らせ、太郎の屋根に雪ふりつむ。
次郎を眠らせ、次郎の屋根に雪ふりつむ。

みよし・たつじ
（一九〇〇～六四）

大阪生れ。一九三〇年に第一詩集『測量船』を刊行。日本の伝統詩と西欧近代詩を融合した新しい抒情詩人としての名声を決定づけた。

「雪」……『測量船』（一九三〇年・第一書房刊）

初恋　島崎藤村

まだあげ初《そ》めし前髪《まえがみ》の
林檎《りんご》のもとに見えしとき

しまざき・とうそん
（一八七二～一九四三）

前にさしたる花櫛《はなぐし》の
花ある君と思ひけり

やさしく白き手をのべて
林檎をわれにあたへしは
薄紅《うすくれない》の秋の実《み》に
人こひ初《そ》めしはじめなり

わがこゝろなきためいきの
その髪の毛にかゝるとき
たのしき恋の盃《さかずき》を
君が情《なさけ》に酌《く》みしかな

林檎畑の樹《こ》の下《した》に
おのづからなる細道《ほそみち》は

筑摩県（現在の岐阜県）生れ。一八九七年に第一詩集『若菜集』を刊行。のちに小説に転じ、『破戒』『夜明け前』などを発表した。

「初恋」……『若菜集』（一八九七年・春陽堂刊）

誰《た》が踏みそめしかたみぞと
問ひたまふこそこひしけれ

竹

萩原朔太郎

光る地面に竹が生え、
青竹が生え、
地下には竹の根が生え、
根がしだいにほそらみ、
根の先より繊毛が生え、
かすかにけぶる繊毛が生え、

はぎわら・さくたろう
（一八八六〜一九四二）
群馬県生れ。前橋中学在学中から「文庫」「明星」に短歌を投稿。一九一七年、第一詩集『月に吠える』を刊行した。ほかに『青猫』『氷島』など。

かすかにふるえ。

かたき地面に竹が生え、
地上にするどく竹が生え、
まつしぐらに竹が生え、
凍れる節節りんりんと、
青空のもとに竹が生え、
竹、竹、竹が生え。

〇

みよすべての罪はしるされたり、
されどすべては我にあらざりき、
まことにわれに現はれしは、

「竹」……『月に吠える』（一九一七年・感情詩社、白日社共刊）

かげなき青き炎の幻影のみ、
雪の上に消えさる哀傷の幽霊のみ、
ああかかる日のせつなる懺悔《ざんげ》をも何かせむ、
すべては青きほのほの幻影のみ。

秋刀魚《さんま》の歌　佐藤春夫

あはれ
秋風よ
情《こころ》あらば伝へてよ
――男ありて

さとう・はるお
(一八九二～一九六四)
和歌山県生れ。慶大中退。生田長江、与謝野鉄幹、永井荷風らからの影響から出発し、

今日の夕餉《ゆうげ》に　ひとり
さんまを食《くら》ひて
思ひにふける　と。

さんま、さんま
そが上に青き蜜柑《みかん》の酸《す》をしたたらせて
さんまを食ふはその男がふる里のならひなり。
そのならひをあやしみなつかしみて女は
いくたびか青き蜜柑をもぎて夕餉にむかひけむ。
あはれ、人に捨てられんとする人妻と
妻にそむかれたる男と食卓にむかへば、
愛うすき父を持ちし女の児《こ》は
小さき箸《はし》をあやつりなやみつつ
父ならぬ男にさんまの腸《はら》をくれむと言ふにあらずや。

詩作のほか小説や評論を多く発表した。代表作『田園の憂鬱』『殉情詩集』など。

「秋刀魚の歌」……『我が一九二二年』（一九二三年・新潮社刊）

あはれ
秋風よ
汝《なれ》こそは見つらめ
世のつねならぬかの団欒《まどい》を。
いかに
秋風よ
いとせめて
証《あかし》せよ　かの一ときの団欒《まどい》ゆめに非《あら》ずと。

あはれ
秋風よ
情《こころ》あらば伝へてよ、
夫を失はざりし妻と
父を失はざりし幼児《おさなご》とに伝へてよ
――男ありて

今日の夕餉に　ひとり
さんまを食《くら》ひて
涙をながす　と。

さんま、さんま、
さんま苦《にが》いか塩《しよ》つぱいか。
そが上に熱き涙をしたたらせて
さんまを食ふはいづこの里のならひぞや。
あはれ
げにそは問はまほしくをかし。

山のあなた

カアル・ブッセ
上田敏 訳

山のあなたの空遠く
「幸《さいわい》」住むと人のいふ。
噫《ああ》、われひと、尋《と》めゆきて、
涙さしぐみ、かへりきぬ。
山のあなたになほ遠く
「幸《さいわい》」住むと人のいふ。

カアル・ブッセ
（一八七二～一九一八）
ドイツ・西プロイセン生れ。詩作のほか、娯楽小説やジャーナリスティックな作品を手がけた。日本では本作の翻訳で著名だが、ドイツでは忘れられた存在といっていい。

うえだ・びん
（一八七四～一九一六）
東京生れ。東大英文学科に学び、小泉八雲らに師事。詩作やフランス象徴派、高踏派の

ミラボー橋

アポリネール
堀口大學 訳

ミラボー橋の下をセーヌ河が流れ
　われらの恋が流れる
　わたしは思い出す
悩みのあとには楽しみが来ると

翻訳のほか、評論も手がけた。代表作『みをつくし』など。

「山のあなた」……『海潮音』（一九〇五年・本郷書院刊）

ギヨーム・アポリネール（一八八〇～一九一八）イタリア・ローマ生れ。パリに出て、ピカソら前衛芸術家との親交を深める。小説『異

日も暮れよ　鐘も鳴れ
月日は流れ　わたしは残る

手と手をつなぎ　顔と顔を向け合おう
　こうしていると
　二人の腕の橋の下を
疲れたまなざしの無窮の時が流れる

　日も暮れよ　鐘も鳴れ
　月日は流れ　わたしは残る

流れる水のように恋もまた死んでゆく
　恋もまた死んでゆく
命《いのち》ばかりが長く

端教祖株式会社』、詩集『アルコール』、美術論集『立体派の画家たち』など。

ほりぐち・だいがく
（一八九二〜一九八一）
東京生れ。慶応義塾大学を中退し、十数年間海外で暮す。詩作、翻訳、歌作など幅広く活躍。『月光とピエロ』『夕の虹』など。

「ミラボー橋」……『訳詩集月下の一群』（一九二五年・第一書房刊）

希望ばかりが大きい

日も暮れよ　鐘も鳴れ
月日は流れ　わたしは残る

日が去り　月がゆき
過ぎた時も
昔の恋も　二度とまた帰ってこない
ミラボー橋の下をセーヌ河が流れる

日も暮れよ　鐘も鳴れ
月日は流れ　わたしは残る

母　吉田一穂

あゝ麗《うる》はしい距離《デスタンス》
常に遠のいてゆく風景……
悲しみの彼方《かなた》、母への
捜《さぐ》り打つ夜半の最弱音《ピアニシモ》。

よしだ・いっすい（一八九八〜一九七三）北海道生れ。早大中退。大正・昭和期の詩人、評論家、童話作家。詩の原点は北海道にあり、「極北の詩人」とも呼ばれる。

「母」……『海の聖母』（一九二六年・金星堂刊）

雨ニモマケズ

宮沢賢治

雨ニモマケズ
風ニモマケズ
雪ニモ夏ノ暑サニモマケヌ
丈夫《ジョウブ》ナカラダヲモチ
慾《ヨク》ハナク
決シテ瞋《イカ》ラズ
イツモシヅカニワラッテヰル
一日ニ玄米《ゲンマイ》四合ト
味噌《ミソ》ト少シノ野菜ヲタベ
アラユルコトヲ
ジブンヲカンジヤウニ入レズニ

みやざわ・けんじ
（一八九六～一九三三）
岩手県生れ。農学校教諭を経験したのち、私塾・羅須地人協会を設立。童話、詩などに多くの傑作を残した。詩集『春と修羅』、童話集『注文の多い料理店』など。

「雨ニモマケズ」……『新編宮沢賢治詩集』（一九九一年・新潮文庫刊）

ヨクミキキシワカリ
ソシテワスレズ
野原ノ松ノ林ノ蔭《カゲ》ノ
小サナ萱《カヤ》ブキノ小屋ニヰテ
東ニ病気ノコドモアレバ
行ッテ看病シテヤリ
西ニツカレタ母アレバ
行ッテソノ稲ノ束ヲ負ヒ
南ニ死ニサウナ人アレバ
行ッテコハガラナクテモイヽトイヒ
北ニケンクヮヤソショウガアレバ
ツマラナイカラヤメロトイヒ
ヒデリノトキハナミダヲナガシ
サムサノナツハオロオロアルキ
ミンナニデクノボートヨバレ

ホメラレモセズ
クニモサレズ
サウイフモノニ
ワタシハナリタイ

落葉松《からまつ》

北原白秋

一

からまつの林を過ぎて、
からまつをしみじみと見き。

きたはら・はくしゅう
（一八八五～一九四二）
福岡県生れ。早大予科を中退後、与謝野鉄幹の「明星」や森鷗外の「スバル」に参加し、

からまつはさびしかりけり。
たびゆくはさびしかりけり。

二

からまつの林を出《い》でて、
からまつの林に入りぬ。
からまつの林に入りて、
また細く道はつづけり。

三

からまつの林の奥も
わが通る道はありけり。
霧雨《きりさめ》のかかる道なり。

詩作のほか、童謡や短歌、新民謡を手がけた。代表作『邪宗門』『思ひ出』『白南風』など。

「落葉松」……『水墨集』（一九二三年・アルス刊）

山風のかよふ道なり。

四

からまつの林の道は
われのみか、ひともかよひぬ。
ほそぼそと通ふ道なり。
さびさびといそぐ道なり。

五

からまつの林を過ぎて、
ゆゑしらず歩みひそめつ。
からまつはさびしかりけり、
からまつとささやきにけり。

六

からまつの林を出でて、
浅間嶺《あさまね》にけぶり立つ見つ。
浅間嶺《あさまね》にけぶり立つ見つ。
からまつのまたそのうへに。

七

からまつの林の雨は
さびしけどいよよしづけし。
かんこ鳥鳴けるのみなる。
からまつの濡《ぬ》るるのみなる。

八

世の中よ、あはれなりけり。
常なけどうれしかりけり。
山川に山がはの音、
からまつにからまつのかぜ。

ゆづり葉

河井酔茗

かわい・すいめい
（一八七四〜一九六五）

子供たちよ
これは譲り葉の木です

この譲り葉は
新しい葉が出来ると
入り代つてふるい葉が落ちてしまふのです

こんなに厚い葉
こんなに大きい葉でも
新しい葉が出来ると無造作《むぞうさ》に落ちる
新しい葉にいのちを譲つて――

子供たちよ
お前たちは何を欲しがらないでも
凡《すべ》てのものがお前たちに譲られるのです
太陽の廻るかぎり
譲られるものは絶えません

大阪・堺生れ。文芸投稿雑誌「文庫」の詩欄を担当し、伊良子清白、北原白秋らを世に送った。また川路柳虹らの口語自由詩運動を推進した。著書に『塔影』『酔茗詩話』など。

「ゆづり葉」……『紫羅欄花』（一九一一年・東北書院刊）。

ゆづり葉　ユズリハ科の常緑高木。新しい葉が伸びると古い葉が落ちるためにこの名で呼ばれる。

輝ける大都会も
そつくりお前たちが譲り受けるのです
読みきれないほどの書物も
みんなお前たちの手に受取るのです
幸福なる子供たちよ
お前たちの手はまだ小さいけれど――

世のお父さん、お母さんたちは
何一つ持つてゆかない
みんなお前たちに譲つてゆくために
いのちあるもの、よいもの、美しいものを
一生懸命に造つてゐます

今、お前たちは気が附かないけれど
ひとりでにいのちは延びる

鳥のやうにうたひ
花のやうに笑つてゐる間に気が附いてきます
そしたら子供たちよ
もう一度、譲り葉の木の下に立つて
譲り葉を見る時が来るでせう

わがひとに与ふる哀歌　伊東静雄

太陽は美しく輝き
あるひは　太陽の美しく輝くことを希ひ

いとう・しずお
（一九〇六〜五三）

手をかたくくみあはせ
しづかに私たちは歩いて行つた
かく誘ふものの何であらうとも
私たちの内《うち》の
誘はるる清らかさを私は信ずる
無縁のひとはたとへ
鳥々は恒《つね》に変らず鳴き
草木の囁《ささや》きは時をわかたずとするとも
いま私たちは聴く
私たちの意志の姿勢で
それらの無辺な広大の讃歌《さんか》を
あゝ　わがひと
輝くこの日光の中に忍びこんでゐる
音なき空虚を
歴然と見わくる目の発明の

長崎県生れ。京大卒業後から詩作を始め、ドイツ浪漫派の流れをくむ結晶度の高い抒情性を、萩原朔太郎が激賞した。後年は日本的抒情に回帰し、独自の戦争詩を残した。

「わがひとに与ふる哀歌」……『わがひとに与ふる哀歌』（一九三五年・自費出版）

遍照　広く照らし出すこと

何にならう
如《し》かない　人気《ひとげ》ない山に上《のぼ》り
切に希はれた太陽をして
殆《ほとん》ど死した湖の一面に遍照さするのに

ミミコの独立　山之口貘

とうちゃんの下駄なんか
はくんじゃないぞ
ぼくはその場を見て言ったが
とうちゃんのなんか

やまのくち・ばく
（一九〇三〜六三）
沖縄県生れ。十代で上京、職を転々とし放浪の生活を送りながら詩作。沖縄の庶民の生

はかないよ
とうちゃんのかんこをかりてって
ミミコのかんこ
はくんだと言うのだ
こんな理屈をこねてみせながら
ミミコは小さなそのあんよで
まな板みたいな下駄をひきずって行った
土間では片隅の
かますの上に
赤い鼻緒の
赤いかんこが
かぼちゃと並んで待っていた

活を暖かい目で描いた。代表作『思弁の苑』『鮪に鰯』など。

「ミミコの独立」……『鮪に鰯』(一九六四年・原書房刊)

かます　わらむしろを二つ折りにして作った袋。穀物、肥料などを入れる。

レモン哀歌

高村光太郎

そんなにもあなたはレモンを待つてゐた
かなしく白くあかるい死の床で
わたしの手からとつた一つのレモンを
あなたのきれいな歯ががりりと噛《か》んだ
トパアズいろの香気が立つ
その数滴の天のものなるレモンの汁は
ぱつとあなたの意識を正常にした
あなたの青く澄んだ眼がかすかに笑ふ
わたしの手を握るあなたの力の健康さよ
あなたの咽喉《のど》に嵐《あらし》はあるが
かういふ命の瀬戸ぎはに

たかむら・こうたろう（一八八三〜一九五六）東京生れ。欧米に留学し美術や彫刻、詩を学ぶ。一九一四年、第一詩集『道程』を刊行。代表作に『智恵子抄』『典型』など。

「レモン哀歌」……『智恵子抄』（一九四一年・龍星閣刊）

智恵子《ちえこ》はもとの智恵子となり
生涯の愛を一瞬にかたむけた
それからひと時
昔山巓《さんてん》でしたやうな深呼吸を一つして
あなたの機関はそれなり止まつた
写真の前に挿した桜の花かげに
すずしく光るレモンを今日も置かう

雪の日

田中冬二

雪がしんしんと降つてゐる

たなか・ふゆじ

町の魚屋に赤い魚青い魚が美しい
町は人通りもすくなく
鶏もなかない　犬も吠《ほ》えない
暗いので電燈《でんとう》をともしてゐる郵便局に
電信機の音だけがする
雪がしんしんと降つてゐる
雪の日はいつのまにか
どこからともなく暮れる
こんな日　山の獣や鳥たちは
どうしてゐるだらう
あのやさしくて臆病《おくびょう》な鹿《しか》は
どうしてゐるだらうか
鹿はあたたかい春の日ざしと
若草を慕つてゐる
ゐのししはこんな日の夜には

（一八九四〜一九八〇）
福島県生れ。銀行勤務の傍ら詩作に励む。一九二九年、第一詩集『青い夜道』を刊行。ほかに『海の見える石段』『花冷え』など。

「雪の日」……『春愁』（一九四七年・岩谷書店刊）

雪の深い山奥から雪の少い里近くまで
餌《えさ》をさがしに出て来るかも知れない
お寺の柱に大きな穴をあけた啄木鳥《きつつき》は
どうしてゐるだらう
みんな寒いだらう
すつかり暮れたのに
雪がしんしんと降つてゐる
夕餉の仕度の汁の匂《にお》ひがする

夕陽

鮎川信夫

夏草のうえの屋根が
すっかり見えなくなった
さっきまで子供たちが戸口から顔を出していたのに
みんな見えなくなってしまった
わたしの背後で
町はだんだん小さくなってゆく
なにもかも光と影のたわむれにすぎない
ほそい声で虫がないている
なんだって始めからやり直したりするのか
思出の片隅でじっとしていればよいのに

さあ丘をのぼるとしよう
この夏さえすぎれば
また冷たい風が吹いてきて
わたしの心をいたわってくれるけれど

あゆかわ・のぶお
（一九二〇～八六）
東京生れ。森川義信らと詩誌「荒地」を創刊。豊富な詩作と批評活動により、戦後現代詩の中心的役割をになう。推理小説の翻訳も手がけた。

「夕陽」……「詩学」一九五二年十一月号（詩学社刊）「白い夕陽」を改稿。

虚心　心にわだかまりのないこと

空を追いつめて　ここまでくると
これはもう丘とはいえない
高いところへ追いつめられて
さらに高い頂きから
より高い青空の深みへ落ちてゆく
ああ　虚心の鏡に映る
いちばん深い青空よ
これは爽快《そうかい》だ　わたしにも
とおくて近いこんな夕陽が沈みつつあったのか

二十億光年の孤独　谷川俊太郎

人類は小さな球の上で
眠り起きそして働き
ときどき火星に仲間を欲しがったりする

火星人は小さな球の上で
何をしてるか　僕は知らない
（或《あるい》はネリリし　キルルし　ハラハラしているか）
しかしときどき地球に仲間を欲しがったりする
それはまったくたしかなことだ

万有引力とは
ひき合う孤独の力である

宇宙はひずんでいる

たにかわ・しゅんたろう
（一九三一〜）
東京生れ。一九五二年、第一詩集『二十億光年の孤独』を刊行。劇作、絵本、翻訳なども手がける。ほかに『日々の地図』など。

「二十億光年の孤独」……
『二十億光年の孤独』（一九五二年・創元社刊）

それ故《ゆえ》みんなはもとめ合う

宇宙はどんどん膨んでゆく
それ故みんなは不安である

二十億光年の孤独に
僕は思わずくしゃみをした

他人の空　飯島耕一

いいじま・こういち

鳥たちが帰つて来た。

地の黒い割れ目をついばんだ。
見慣れない屋根の上を
上つたり下つたりした。
それは途方に暮れているように見えた。

空は石を食つたように頭をかかえている。
物思いにふけつている。
もう流れ出すこともなかつたので、
血は空に
他人のようにめぐつている。

（一九三〇〜二〇一三）
岡山県生れ。東大仏文科在学中、詩誌「カイエ」創刊。卒業後、大岡信らとシュルレアリスム研究会を結成。後年、江戸俳諧も論じた。代表作に『夜を夢想する小太陽の独言』。
「他人の空」……『他人の空』（一九五三年・書肆ユリイカ刊）

ひばりのす

木下夕爾

ひばりのす
みつけた
まだたれも知らない
あそこだ
水車小屋のわき
しんりょうしょの赤い屋根のみえる
あのむぎばたけだ
小さいたまごが
五つならんでる

きのした・ゆうじ
（一九一四〜六五）
広島県生れ。「若草」に投稿した詩が堀口大學に認められ、注目される。一九四九年に詩誌「木靴」を創刊。俳句にも多く秀作をのこした。代表作に『児童詩集』『笛を吹くひと』など。
「ひばりのす」……『児童詩集』（一九五五年・木靴発行所刊）

まだたれにもいわない

わたしが一番きれいだったとき

茨木のり子

わたしが一番きれいだったとき
街々はがらがら崩れていって
とんでもないところから
青空なんかが見えたりした

わたしが一番きれいだったとき
まわりの人達が沢山死んだ
工場で　海で　名もない島で

いばらぎ・のりこ
（一九二六～二〇〇六）
大阪生れ。川崎洋と「櫂」を創刊。飢餓や空襲の恐怖を乗り越えた、戦後女性の夢と希望を、明るく歯切れよくうたった。代表作に『自分の感受性くらい』など。

わたしはおしゃれのきっかけを落してしまった

わたしが一番きれいだったとき
だれもやさしい贈物を捧《ささ》げてはくれなかった
男たちは挙手の礼しか知らなくて
きれいな眼差《まなざし》だけを残し皆発《た》っていった

わたしが一番きれいだったとき
わたしの頭はからっぽで
わたしの心はかたくなで
手足ばかりが栗色《くりいろ》に光った

わたしが一番きれいだったとき
わたしの国は戦争で負けた
そんな馬鹿《ばか》なことってあるものか

「わたしが一番きれいだったとき」……『見えない配達夫』(一九五八年・飯塚書店刊)

ブラウスの腕をまくり卑屈な町をのし歩いた

わたしが一番きれいだったとき
ラジオからはジャズが溢《あふ》れた
禁煙を破ったときのようにくらくらしながら
わたしは異国の甘い音楽をむさぼった

わたしが一番きれいだったとき
わたしはとてもふしあわせ
わたしはとてもとんちんかん
わたしはめっぽうさびしかった

だから決めた　できれば長生きすることに
年とってから凄《すご》く美しい絵を描いた
フランスのルオー爺《じい》さんのように
ね

夕焼け

吉野弘

いつものことだが
電車は満員だった。
そして
いつものことだが
若者と娘が腰をおろし
としよりが立っていた。
うつむいていた娘が立って
としよりに席をゆずった。
そそくさととしよりが坐《すわ》った。
礼も言わずにとしよりは次の駅で降りた。
娘は坐った。

よしの・ひろし
（一九二六〜二〇一四）
山形県生れ。入隊直前に敗戦。戦後は労働運動に参加するが肺結核に。療養中、詩作を始める。「祝婚歌」（193頁）は結婚披露宴のスピーチで広く引用される。

「夕焼け」……『幻・方法』
（一九五九年・飯塚書店刊）

別のとしよりが娘の前に
横あいから押されてきた。
娘はうつむいた。
しかし
又立って
席を
そのとしよりにゆずった。
としよりは次の駅で礼を言って降りた。
娘は坐った。
二度あることは　と言う通り
別のとしよりが娘の前に
押し出された。
可哀想《かわいそう》に
娘はうつむいて
そして今度は席を立たなかった。

次の駅も
次の駅も
下唇をキュッと噛んで
身体《からだ》をこわばらせて——。
僕は電車を降りた。
固くなってうつむいて
娘はどこまで行ったろう。
やさしい心の持主は
いつでもどこでも
われにもあらず受難者となる。
何故《なぜ》って
やさしい心の持主は
他人のつらさを自分のつらさのように
感じるから。
やさしい心に責められながら

娘はどこまでゆけるだろう。
下唇を嚙んで
つらい気持で
美しい夕焼けも見ないで。

夕方の三十分

黒田三郎

コンロから御飯をおろす
卵を割ってかきまぜる
合間にウイスキイをひと口飲む
折紙で赤い鶴《つる》を折る

くろだ・さぶろう
（一九一九〜八〇）
広島県生れ。東大卒。北園克衛の「VOU」に参加し詩作を始める。「荒地」創刊同人

ネギを切る
一畳に足りない台所につっ立ったままで
夕方の三十分

僕は腕のいい女中で
酒飲みで
オトーチャマ
小さなユリの御機嫌とりまで
いっぺんにやらなきゃならん
半日他人の家で暮したので
小さなユリはいっぺんにいろんなことを言う

「ホンヨンデェ　オトーチャマ」
「コノヒモホドイテェ　オトーチャマ」
「ココハサミデキッテェ　オトーチャマ」

として詩のほか評論も発表した。代表作『失はれた墓碑銘』『死後の世界』など。

「夕方の三十分」……『小さなユリと』（一九六〇年・昭森社刊）

卵焼をかえそうと
一心不乱のところに
あわててユリが駈《か》けこんでくる
「オシッコデルノー　オトーチャマ」
だんだん僕は不機嫌になってくる
味の素《もと》をひとさじ
フライパンをひとゆすり
ウィスキイをがぶりとひと口
だんだん小さなユリも不機嫌になってくる
「ハヤクココキッテヨォ　オトー」
「ハヤクー」
癇癪《かんしゃく》もちの親爺《おやじ》が怒鳴る
「自分でしなさい　自分でェ」

癇癪もちの娘がやりかえす
「ヨッパライ　グズ　ジジイ」
親爺が怒って娘のお尻《しり》を叩《たた》く
小さなユリが泣く
大きな大きな声で泣く

それから
やがて
しずかで美しい時間が
やってくる
親爺は素直にやさしくなる
小さなユリも素直にやさしくなる
食卓に向い合ってふたり坐る

佃渡《つくだ》しで

吉本隆明

佃渡しで娘がいつた
〈水がきれいね　夏に行つた海岸のように〉
そんなことはない　みてみな
繋《つな》がれた河蒸気のとものところに
芥がたまつて揺れてるのがみえるだろう
ずつと昔からそうだつた
〈これからは娘に聴えぬ胸のなかでいう〉
水は黙《くろ》くてあまり流れない　氷雨《ひさめ》の空の下で
おおきな下水道のようにくねつているのは老齢期の河の
　しるしだ

よしもと・たかあき　（一九二四～二〇一二）東京・月島生れ。詩人、文芸評論家、思想家。代表作『転位のための十篇』『固有時との対話』など。次女は作家・よしもとばなな。

「佃渡しで」……『模写と鏡』（一九六四年・春秋社刊）

河蒸気　河を航行する蒸気船

この河の入りくんだ掘割のあいだに
ひとつの街がありそこで住んでいた
蟹《かに》はまだ生きていてそれをとりに行つた
そして沼泥に足をふみこんで泳いだ
佃渡しで娘がいつた
〈あの鳥はなに?〉
〈かもめだよ〉
〈ちがうあの黒い方の鳥よ〉
あれは鳶だろう
むかしもそれはいた
流れてくる鼠《ねずみ》の死骸《しがい》や魚の綿《わた》腹を
ついばむためにかもめの仲間で舞つていた
〈これからさきは娘にきこえぬ胸のなかでいう〉
水に囲まれた生活というのは
いつでもちよつとした砦《とりで》のような感じで

芥　ごみ
掘割　地面を掘って作った水路

夢のなかで掘割はいつもあらわれる
橋という橋は何のためにあつたか?
少年が欄干に手をかけ身をのりだして
悲しみがあれば流すためにあつた

〈あれが住吉《すみよし》神社だ
佃祭りをやるところだ
あれが小学校　ちいさいだろう〉
これからさきは娘に云《い》えぬ
昔の街はちいさくみえる
掌《て》のひらの感情と頭脳と生命の線のあいだの窪《くぼ》みにはい
つて
しまうように
すべての距離がちいさくみえる
すべての思想とおなじように

あの昔遠かつた距離がちぢまつてみえる
わたしが生きてきた道を
娘の手をとり　いま氷雨にぬれながら
いつさんに通りすぎる

原っぱ

長田弘

原っぱには、何もなかった。ブランコも、遊動円木もなかった。ベンチもなかった。一本の木もなかったから、木蔭《こかげ》もなかった。激しい雨がふると、そこにもここにも、おおきな水溜《みずた》まりができた。原っぱのへりは、いつもぼ

おさだ・ひろし（一九三九〜）
福島県生れ。早大卒。在学中に詩誌「鳥」を創刊し、詩作を始める。評論や戯曲、児童

うぼうの草むらだった。

きみがはじめてトカゲをみたのは、原っぱの草むらだ。はじめてカミキリムシをつかまえたのも。きみは原っぱで、自転車に乗ることをおぼえた。野球をおぼえた。はじめて口惜《くや》し泣きした。春に、タンポポがいっせいに空飛ぶのをみたのも、夏に、はじめてアンタレスという名の星をおぼえたのも、原っぱだ。冬の凧にはじめて大凧《おおだこ》を揚げたのも。原っぱは、いまはもうなくなってしまった。

原っぱには、何もなかったのだ。けれども、誰のものでもなかった何もない原っぱには、ほかのどこにもないものがあった。きみの自由が。

文学も手がけた。代表作『私の二十世紀書店』(毎日出版文化賞)など。翻訳家の青山南は弟。
「原っぱ」……『深呼吸の必要』(一九八四年・晶文社刊)
アンタレス　さそり座のアルファ星。夏の夜に南の地平線近くの空に見える赤い星。

Ⅱ　自然の美しさを感じる詩

山林に自由存す

国木田独歩

山林に自由存す
われ此句《このく》を吟じて血のわくを覚ゆ
嗚呼《ああ》山林に自由存す
いかなればわれ山林を見すてし。
あくがれて虚栄の途《みち》にのぼりしより
十年の月日塵《ちり》のうちに過ぎぬ
ふりさけ見れば自由の里は
すでに雲山千里の外にある心地す。
眥《まなじり》を決して天外をのぞめば

くにきだ・どっぽ
（一八七一〜一九〇八）
下総生れ。民友社などに籍を置きながら新体詩を作り、田山花袋、柳田国男らとの合著『抒情詩』で文名を上げる。詩作のほか、小説も書いた。小説に『源叔父』『牛肉と馬鈴薯』など。

「山林に自由存す」……『抒情詩』（一八九七年・民友社刊）

をちかたの高峰の雪の朝日影
嗚呼山林に自由存す
われ此句を吟じて血のわくを覚ゆ。

なつかしきわが故郷は何処ぞや
彼処にわれは山林の児なりき
顧みれば千里江山
自由の郷は雲底に没せんとす。

荒城の月

土井晩翠

ふりさけ見れば　ふり仰いで遠くを見ること
千里江山　はるか遠くに見える河と山を指す漢語

春高楼の花の宴
めぐる盃《さかずき》影さして
千代の松が枝わけいでし
昔の光いまいづこ。

秋陣営の霜の色
鳴き行く雁《かり》の数見せて
植うるつるぎに照りそひし
昔の光いまいづこ。

いま荒城のよはの月
変らぬ光たがためぞ
垣に残るはただかつら
松に歌ふはただあらし。

どい・ばんすい
（一八七一～一九五二）
宮城県生れ。東大在学中に「帝国文学」の編集委員となり作品を発表。一八九九年、『天地有情』を刊行する。ほかに『暁鐘』『曙光』など。

「荒城の月」……『天地有情』（一八九九年・博文館刊）

天上影は変らねど
栄枯は移る世の姿
写さんとてか今もなほ
ああ荒城のよはの月。

小《こ》諸《もろ》なる古城のほとり

島崎藤村

小諸なる古城のほとり
雲白く遊子《ゆうし》悲しむ
緑なす蘩蔞《はこべ》は萌《も》えず
若草も藉《し》くによしなし

しまざき・とうそん　19頁参照。

「小諸なる古城のほとり」……『落梅集』（一九〇一年・

春陽堂刊）

しろがねの衾《ふすま》の岡辺
日に溶《と》けて淡雪《あわゆき》流る
あたゝかき光はあれど
野に満つる香《かおり》も知らず
浅くのみ春は霞《かす》みて
麦の色はづかに青し
旅人の群《むれ》はいくつか
畠中の道を急ぎぬ

暮れ行けば浅間も見えず
歌哀《かな》し佐久《さく》の草笛《くさぶえ》
千曲《ちくま》川いざよふ波の
岸近き宿にのぼりつ
濁《にご》り酒濁れる飲みて

草枕《くさまくら》しばし慰む

道程　高村光太郎

僕の前に道はない
僕の後ろに道は出来る
ああ、自然よ
父よ
僕を一人立ちにさせた広大な父よ
僕から目を離さないで守る事をせよ
常に父の気魄《きはく》を僕に充《み》たせよ

たかむら・こうたろう　45頁参照。
「道程」……『道程』（一九一四年・抒情詩社刊）

この遠い道程のため
この遠い道程のため

雁　千家元麿

暖かい静かな夕方の空を
百羽ばかりの雁が
一列になつて飛んで行く
天も地も動かない静かな景色の中を、不思議に黙つて
同じ様に一つ一つセッセと羽を動かして
黒い列をつくつて

せんげ・もとまろ
（一八八八〜一九四八）
東京生れ。同人誌「テラコッタ」を創刊、武者小路実篤らと交わる。一九一八年、第一詩集『自分は見た』を刊行。ほかに『昔の家』など。

静かに音も立てずに横切つてゆく
側《そば》へ行つたら翅《はね》の音が騒がしいのだらう
息切れがして疲れてゐるのもあるのだらう、
だが地上にはそれは聞えない
彼等はみんなが黙つて、
心でいたはり合ひ助け合つて飛んでゆく。
前のものが後になり、後《うしろ》の者が前になり
心が心を助けて、セッセセッセと
勇ましく飛んで行く。
その中には親子もあらう、
兄弟姉妹も友人もあるにちがひない
この空気も和らいで静かな風のない夕方の空を選んで、
一団になつて飛んで行く
暖かい一団の心よ。
天も地も動かない静かさの中を汝許《なんじばか》りが動いてゆく

「雁」……『自分は見た』
（一九一八年・玄文社刊）

黙つてすてきな早さで
見てゐる内に通り過ぎてしまふ。

寂しき春

室生犀星

したたり止《や》まぬ日のひかり
うつうつまはる水ぐるま
あをぞらに
越後《えちご》の山も見ゆるぞ
さびしいぞ

むろう・さいせい
（一八八九〜一九六二）
石川県生まれ。私生児として生まれ、貧窮のなか文学を志す。一九一八年に第一詩集『愛の詩集』を刊行。小説に『あに

一日《いちにち》もの言はず
野にいでてあゆめば
菜種《なたね》のはなは波をつくりて
いまははや
しんにさびしいぞ

海雀

北原白秋

海雀《うみすずめ》、海雀《うみすずめ》、
銀《ぎん》の点点《てんてん》、海雀、

いもうと』『杏っ子』がある。

「寂しき春」……『抒情小曲集』（一九一八年・感情詩社刊）

きたはら・はくしゅう　34頁参照。

波ゆりくればゆりあげて、
波ひきゆけばかげ失《う》する、
海雀、海雀、
銀《ぎん》の点点《てんてん》、海雀。

「海雀」……『白秋詩集　第一巻』（一九二〇年・アルス刊）

海雀　チドリ目ウミスズメ科の海鳥。北海道や千島列島などで見られる。

山の歓喜　河井酔茗

あらゆる山が歓《よろこ》んでゐる
あらゆる山が語つてゐる
あらゆる山が足ぶみして舞ふ、躍る

かわい・すいめい　38頁参照。

「山の歓喜」……『弥生集』（一九二一年・天佑社刊）

あちらむく山と
こちらむく山と
合つたり
離れたり
出てくる山と
かくれる山と
低くなり
高くなり
家族のやうに親しい山と
他人のやうに疎《うと》い山と
遠くなり
近くなり
あらゆる山が
山の日に歓喜し
山の愛にうなづき

今や
山のかがやきは
空いつぱいにひろがつてゐる

曠原《こうげん》淑女　宮沢賢治

日ざしがほのかに降ってくれば
またうらぶれの風も吹く
にはとこやぶのうしろから
二人のおんながのぼって来る
けらを着　粗い縄をまとひ

みやざわ・けんじ　32頁参照。
「曠原淑女」……『宮沢賢治全集　第三巻』（一九五六年・筑摩書房刊）

萱草の花のやうにわらひながら
ゆっくりふたりがすすんでくる
その蓋《ふた》のついた小さな手桶《ておけ》は
今日ははたけへのみ水を入れて来たのだ
今日でない日は青いつるつるの蓴菜《じゅんさい》を入れ
欠けた朱塗の椀《わん》をうかべて
朝の爽《さわや》かなうちに町へ売りにも来たりする
鍬《くわ》を二梃《ちょう》たゞしくけらにしばりつけてゐるので
曠原の淑女よ
あなたがたはウクライナの
舞手のやうに見える
　……風よたのしいおまへのことばを
　　もっとはっきり
　　この人たちにきこえるやうに云《い》ってくれ……

けら　蓑の一種

大漁《たいりよう》

金子みすゞ

朝焼《あさやけ》小焼《こやけ》だ
大漁《たいりよう》だ
大羽鰮《おおばいわし》の
大漁《たいりよう》だ。

浜《はま》は祭《まつ》りの
やうだけど
海《うみ》のなかでは
何万《なんまん》の

かねこ・みすず　17頁参照。
「大漁」……『美しい町　新装版金子みすゞ全集Ⅰ』（一九八四年・ＪＵＬＡ出版局刊）
大羽鰮　ニシン科の海水魚・マイワシの大型のもの

鰮《いわし》のとむらひ
するだらう。

海の若者

佐藤春夫

若者は海で生れた。
風を孕《はら》んだ帆の乳房《ちぶさ》で育つた。
すばらしく巨《おおき》くなつた。
或《あ》る日　海へ出て
彼は　もう　帰らない。
もしかするとあのどつしりした足どりで

さとう・はるお　23頁参照。
「海の若者」……『佐藤春夫詩集』（一九二六年・第一書房刊）

海へ大股《おおまた》に歩み込んだのだ。
とり残された者どもは
泣いて小さな墓をたてた。

一つのメルヘン　中原中也

秋の夜は、はるかの彼方《かなた》に、
小石ばかりの、河原があつて、
それに陽は、さらさらと
さらさらと射《さ》してゐるのでありました。

なかはら・ちゅうや
（一九〇七〜三七）
山口県生れ。小林秀雄、大岡昇平らとの交わりのなか多くの詩作を手がけ、一九三四年、第一詩集『山羊の歌』を刊行。

陽といつても、まるで硅石《けいせき》か何かのやうで、
非常な個体の粉末のやうで、
さればこそ、さらさらと
かすかな音を立ててもゐるのでした。

さて小石の上に、今しも一つの蝶《ちょう》がとまり、
淡い、それでゐてくつきりとした
影を落としてゐるのでした。

やがてその蝶がみえなくなると、いつのまにか、
今迄《いままで》流れてもゐなかつた川床に、水は
さらさらと、さらさらと流れてゐるのでありました……

『ランボオ詩集』などの翻訳も残し、三十歳で夭折した。ほかに『在りし日の歌』など。
「一つのメルヘン」……『在りし日の歌』（一九三八年・創元社刊）

のちのおもひに

立原道造

夢はいつもかへつて行つた　山の麓《ふもと》のさびしい村に
水引草に風が立ち
草ひばりのうたひやまない
しづまりかへつた午《ひる》さがりの林道を

うららかに青い空には陽がてり　火山は眠つてゐた
――そして私は
見て来たものを　島々を　波を　岬を　日光月光を
だれもきいてゐないと知りながら　語りつづけた……

夢は　そのさきには　もうゆかない

たちはら・みちぞう
（一九一四～三九）
東京生れ。堀辰雄に兄事する。一九三七年に第一詩集『萱草に寄す』を刊行。ほかに『暁と夕の詩』『優しき歌』など。

「のちのおもひに」……『萱草に寄す』（一九三七年・風信子叢書刊行会刊）

なにもかも　忘れ果てようとおもひ
忘れつくしたことさへ　忘れてしまつたときには

夢は　真冬の追憶のうちに凍るであらう
そして　それは戸をあけて　寂寥《せきりよう》のなかに
星くづにてらされた道を過ぎ去るであらう

大阿蘇《おおあそ》

三好達治

雨の中に馬がたつてゐる
一頭二頭仔馬《こうま》をまじへた馬の群れが　雨の中にたつてゐ

みよし・たつじ　18頁参照。

る
雨は蕭々《しようしよう》と降つてゐる
馬は草をたべてゐる
尻尾《しつぽ》も背中も鬣《たてがみ》も　ぐつしよりと濡《ぬ》れそぼつて
彼らは草をたべてゐる
草をたべてゐる
あるものはまた草もたべずに　きよとんとしてうなじを
　垂れてたつてゐる
雨は降つてゐる　蕭々と降つてゐる
山は煙をあげてゐる
中嶽《なかだけ》の頂きから　うすら黄《き》ろい　重つ苦しい噴煙が濛々《もうもう》
　とあがつてゐる
空いちめんの雨雲と
やがてそれはけぢめもなしにつづいてゐる
馬は草をたべてゐる

「大阿蘇」……合本詩集『春の岬』(一九三九年・創元社刊)
艸千里浜　烏帽子岳中腹に広がる草原で、阿蘇の代表的な景観となっている場所。

艸千里《くさせんり》浜《はま》のとある丘の
雨に洗はれた青草を　彼らはいつしんにたべてゐる
たべてゐる
彼らはそこにみんな静かにたつてゐる
ぐつしよりと雨に濡れて　いつまでもひとつところに
彼らは静かに集つてゐる
もしも百年が　この一瞬の間にたつたとしても　何の不
　思議もないだらう
雨が降つてゐる　雨が降つてゐる
雨は蕭々と降つてゐる

夏の終

伊東静雄

月の出にはまだ間《ま》があるらしかつた
海上には幾重《いくえ》にもくらい雲があつた
そして雲のないところどころはしろく光つてみえた

そこでは風と波とがはげしく揉《も》み合つてゐた
それは風が無性に波をおひ立ててゐるとも
また波が身体《からだ》を風にぶつつけてゐるともおもへた

掛茶屋のお内儀《かみ》は疲れてゐるらしかつた
その顔はま向きにくらい海をながめ入つてゐたが
それは呆《ぼん》やり牀几《しょうぎ》にすわつてゐるのだつた

いとう・しずお　41頁参照。
「夏の終」……『春のいそぎ』（一九四三年・弘文堂刊）
牀几　横に長く数人で座ることのできる腰かけ

同じやうに永い間わたしも呆やりすわつてゐた
わたしは疲れてゐるわけではなかつた
海に向つてしかし心はさうあるよりほかはなかつた

そんなことは皆どうでもよいのだつた
ただある壮大なものが徐《しず》かに傾いてゐるのであつた
そしてときどき吹きつける砂が脚に痛かつた

湖水　金子光晴

湖の水に錘《おもり》を落して、僕の心がどこまでもしづんでゆく。
そこからひろがる波紋をみつめながら
うすいカクテルグラスのふちに、僕は佇《たたず》む。
水にゆれながら止まつてゐるものの影。この湖水にきて
　世界は、みんな逆さまにうつる。
から松の林も、あし原も、あし原のなかの淡桃色の艇庫
も。
仄《ほの》あかりの水の底を、藻にからまれて僕のおもひはなが
　される。
それをつつくな。きまぐれな魚たち。それは孤《ひと》りの住
　家をもとめてさまようてゐる魂なのだ。
湖いちめんあふれる光の冷たさ。しぶきのしめつぽさ。

かねこ・みつはる
（一八九五〜一九七五）
愛知県生れ。早大予科ほか数校を中退後、放蕩生活を送りながら詩作に入る。代表作『人間の悲劇』『マレー蘭印紀行』『どくろ杯』『ねむれ巴里』など。

「湖水」……『蛾』（一九四八年・北斗書院刊）

すべてがうごき、ゆれてたゞよふそこにゐて、僕の心よ、
かげりない瑩のあかるさをみまもりてあれ。

北の春　丸山薫

どうだらう
この沢鳴りの音は
山々の雪をあつめて
轟々《ごうごう》と谷にあふれて流れくだる
この凄《すさま》じい水音は

まるやま・かおる
（一八九九〜一九七四）
大分県生れ。一九三二年、第一詩集『帆・ランプ・鷗』を刊行。堀辰雄らと「四季」を創刊する。ほかに『点鐘鳴るところ』など。

緩《ゆる》みかけた雪の下から
一つ一つ木の枝がはね起きる
それらは固い芽の珠をつけ
不敵な鞭《むち》のやうに
人の額を打つ
やがて　山裾《やますそ》の林はうつすらと
緑いろに色付くだらう
その中に　早くも
辛夷《こぶし》の白い花もひらくだらう
朝早く　授業の始めに
一人の女の子が手を挙げた
——先生　燕《つばめ》がきました

「北の春」……『仙境』（一九四八年・青磁社刊）

峠

石垣りん

時に　人が通る、それだけ
三日に一度、あるいは五日、十日にひとり、ふたり、通るという、それだけの――
――それだけでいつも　峠には人の思いが懸かる。
そこをこえてゆく人
そこをこえてくる人

いしがき・りん
（一九二〇～二〇〇四）
東京生れ。日本興業銀行在社中から組合新聞等に詩を発表。働く女性の生活に根ざす詩を数多く残す。代表作に『表札など』ほか。

「峠」……『私の前にある鍋とお釜と燃える火と』（一九五九年・書肆ユリイカ刊）

あの高い山の
あの深い木蔭《こかげ》の
それとわかぬ小径《こみち》を通って
姿もみえぬそのゆきかい

峠よ、
あれは峠だ、と呼んで　もう幾年こえない人が
向こうの村に　こちらの村に　住んでいることだろう
あれは峠だ、と　朝夕こころに呼んで。

山頂《さんちょう》から

小野十三郎

山にのぼると
海《うみ》は天まであがってくる。
なだれおちるような若葉《わかば》みどりのなか。
下の方《ほう》で　しずかに
かっこうがないている。
風《かぜ》に吹かれて高《たか》いところにたつと
だれでもしぜんに世界《せかい》のひろさをかんがえる。
ぼくは手を口にあてて
なにか下の方に向かって叫《さけ》びたくなる。
五月の山は
ぎらぎらと明《あか》るくまぶしい。

おの・とおざぶろう（一九〇三〜九六）大阪生れ。本名藤三郎。東洋大を中退後、詩誌「赤と黒」に参加。アナキズムやプロレタリア文学に傾倒した。代表作『大阪』『重油富士』『詩論』など。

「山頂から」……『太陽のうた　小野十三郎少年詩集』（一九六七年・理論社刊）

きみは山頂《さんちょう》よりも上に
青《あお》い大きな弧《こ》をえがく
水平線《すいへいせん》を見たことがあるか。

どうして　いつも

まど・みちお

太陽
月
星
そして

まど・みちお
（一九〇九〜二〇一四）
山口県生れ。二十五歳で北原白秋に詩才を認められ、以後、童謡「ぞうさん」「やぎさん　ゆうびん」などの作詞を手が

雨
風
虹《にじ》
やまびこ

ああ　一ばん　ふるいものばかりが
どうして　いつも　こんなに
一ばん　あたらしいのだろう

冬　伊藤比呂美

ける。ほかに『てんぷらぴりぴり』『風景詩集』など。

「どうして　いつも」……『まど・みちお詩集　宇宙のうた』（一九七五年・銀河社刊）

冬になると、私たちの回りは、根菜類ばかりになる。秋に穫《と》れるイモ類やニンジン、葱《ねぎ》を私たちは厳重に布でくるみ、冷たい場所に置いておく。たとえば地下室。階段をおりてゆくと、空気は途端に冷たく単純になる。くらやみに慣れてくると、その棚いちめんに、でこぼこした麻の袋が置かれてあるのに気づく。階段の下もでこぼこの袋でいっぱいだ。懐中電燈《でんとう》にてらされて、袋は影をかかえている。ひょっとした拍子に、袋がもぞっと動いたような気もする。それほど、ならぶ袋たちは立体的にでこぼこである。私たちは二〜三日に一ぺんくらいずつ、やさいを取りに来て袋をあける。

古い年のうちに、葱は食べつくされてしまう。葱はイモのようには長くもたないのだ。私たちは十二月にはいると、葱を急いで消費する。毎日、葱汁をのむ。十二月も半ばをすぎると、葱の青い部分からどろどろに溶けて

いとう・ひろみ
（一九五五〜）
東京生れ。性と生殖、死に関する言葉を多用した作品で女性による詩のイメージを革新した。小説も多く手がける。代表作に『わたしはあんじゅひめ子である』など。

「冬」……『草木の空』（一九七八年・アトリエ出版企画刊）

くる。私たちは、残った葱をすべてざくんざくんに切り、あたらしくあけた袋からジャガイモを取って、いっしょくたに煮こむ。発酵した豆で調味されるこのスウプに、私たちは新鮮なイモのだしを味わって、満足である。それ以後、ニンジンとイモ類からヴィタミンをとり、四か月を暮らす。

雪というものがふらない冬である。ただ、大地から、木々から、家々から、すべてが温度を失っていく。空気が奇妙にひくく垂れこめて、景色は、空の下にぎっちり圧《お》しつぶされた様子を見せる。冬も深まるにつれ、澱《よど》むようだった空気から湿度がひいていく。そこいらいったいぱりぱりに乾き、痛いくらいまで冷たくかたまる。道は空洞になったように思われ、表面を固いもので、カン、と叩《たた》くと、音はカラコロカラコロ転がっていってしまう。道の行きどまりに立つ壁にぶつかってはね返る音が聞こえる。

　そのころ、〈じんのそり〉とよばれる北西の風が吹くようになる。息のねににた絶えまない風は、なにもない路上に小さなたつまきをうみ、乾いた土や木のかけらをあつめ、私たちの衣服のすきまからはいりこんで皮膚をかすめる。〈じんのそり〉という名も、冬の尽きるころ＝尽（じん）に吹く刃物のような風という意味だろう。あるいは、刃＝じんを補って、そりをつけたのかもしれない。しかし、すべてを吹きはらう風は空を美しくする。昼間は蒼々として高いところにつづき、夜は星で埋めつくされる。冬には青白く瞬《またた》きの激しい一等星が多くなる。

　私たちは、この寒さを〈あざやぎ〉とよんで、厚い毛織のオーヴァを着て道をあるく。

落日——対話篇　辻征夫

夕日
沈みそうね
…………
賭《か》けようか
おれはあれが沈みきるまで
息をとめていられる
いいわよ息なんかとめなくても
むかしはもっとすてきなこと
いったわ
どんな？

つじ・ゆきお
（一九三九～二〇〇〇）
東京生れ。一九六二年、第一詩集『学校の思い出』を刊行。ほかに『かぜのひきかた』『俳諧辻詩集』など。

「落日——対話篇」……『詩集　落日』（一九七九年・思潮社刊）

あの夕日の沈むあたりは
どんな街だろう
かんがえてごらん
行ってふたりして
住むたのしさを…
忘れたな
どんな街だったの
行ってみたんでしょ
ひとりで
ふつうの街さ
運河があって
長い塀があって
古びた居酒屋があった
そこでお酒のんでたのね
のんでたら

二階からあの男が
降りてきたんだ
だれ？
黒い外套《がいとう》の
おれの夢さ
おれはおもわず匕首《あいくち》を抜いて
叫んじゃった
船長　おれだ　忘れたかい？
ほんと？
ほんとさ
…………
沈みそうね
夕日

Ⅲ　苦しみを乗り越える詩

椰子《やし》の実

島崎藤村

名も知らぬ遠き島より
流れ寄る椰子の実一つ
故郷《ふるさと》の岸を離れて
汝《なれ》はそも波に幾月
旧《もと》の樹《き》は生《お》ひや茂れる
枝はなほ影をやなせる
われもまた渚《なぎさ》を枕《まくら》
孤身《ひとりみ》の浮寝《うきね》の旅ぞ

しまざき・とうそん　19頁参照。
「椰子の実」……『落梅集』（一九〇一年・春陽堂刊）

実をとりて胸にあつれば
新《あらた》なり流離《りゅうり》の憂《うれい》

海の日の沈むを見れば
激《たぎ》り落つ異郷の涙
思ひやる八重《やえ》の汐々《しおじお》
いづれの日にか国に帰らん

小景異情（その二）

室生犀星

ふるさとは遠きにありて思ふもの
そして悲しくうたふもの
よしや
うらぶれて異土の乞食《かたい》となるとても
帰るところにあるまじや
ひとり都のゆふぐれに
ふるさとおもひ涙ぐむ
そのこころもて
遠きみやこにかへらばや
遠きみやこにかへらばや

むろう・さいせい　81頁参照。
「小景異情」……『抒情小曲集』（一九一八年・感情詩社刊）
異土　故郷以外の土地

信天翁《おきのたゆう》

シャルル・ボドレエル

上田敏 訳

波路遥《はる》けき徒然《つれづれ》の慰草《なぐさめぐさ》と船人《ふなびと》は、
八重の潮路の海鳥《うみどり》の沖の太夫《たゆう》を生擒《いけど》りぬ、
楫《かじ》の枕《まくら》のよき友よ心閑《のど》けき飛鳥《ひちよう》かな、
奥津《おきつ》潮騒《しおざい》すべりゆく舷《ふなばた》近くむれ集《つど》ふ。

たゞ甲板《こうはん》に据ゑぬればげにや笑止《しようし》の極《きわみ》なる。
この青雲の帝王も、足どりふらゝ、拙《つたな》くも、
あはれ、真白き双翼《そうよく》は、たゞ徒《いたず》らに広ごりて、
今は身の仇《あだ》、益《よう》も無き二つの櫂《かい》と曳《ひ》きぬらむ。
天《あま》飛ぶ鳥も、降《くだ》りては、やつれ醜き瘠姿《やせすがた》、

シャルル・ボドレエル
（一八二一～六七）
フランス・パリ生れ。貴族の家に生れるが、若くして放蕩し放浪芸術家《ボエーム》生活に身を投じた。詩作や美術批評に励み、クールべやマネらの擁護者となった。代表作『悪の華』『パリの憂鬱』など。

うえだ・びん　27頁参照。

「信天翁」……『海潮音』（一九〇五年・本郷書院刊）

昨日《きのう》の羽根のたかぶりも、今はた鈍《おぞ》に痛はしく、
煙管《きせる》に嘴《はし》をつゝかれて、心無《こころなし》には嘲《あざ》けられ、
しどろの足を摸《ま》ねされて、飛行《ひぎよう》の空に憧《あこ》がるゝ。

雲居の君のこのさまよ、世の歌人《うたびと》に似たらずや、
暴風雨《あらし》を笑ひ、風凌《しの》ぎ猟男《さつお》の弓をあざみしも、
地《つち》の下界《げかい》にやらはれて、勢子《せこ》の叫に煩《わずら》へば、
太しき双《そう》の羽根さへも起居《たちい》妨《さまた》ぐ足まとひ。

楫　櫓や櫂と同義

永訣《えいけつ》の朝

宮沢賢治

けふのうちに
とほくへいつてしまふわたくしのいもうとよ
みぞれがふつておもてはへんにあかるいのだ
（あめゆじゆとてちてけんじや）
うすあかくいつさう陰惨《いんざん》な雲から
みぞれはびちよびちよふつてくる
（あめゆじゆとてちてけんじや）
青い蓴菜《じゆんさい》のもやうのついた
これらふたつのかけた陶椀《とうわん》に
おまへがたべるあめゆきをとらうとして
わたくしはまがつたてつぱうだまのやうに

みやざわ・けんじ　32頁参照。
「永訣の朝」……『春と修羅』（一九二四年・関根書店刊）

このくらいみぞれのなかに飛びだした
　（あめゆじゆとてちてけんじや）
蒼鉛《そうえん》いろの暗い雲から
みぞれはびちよびちよ沈んでくる
ああとし子
死ぬといふいまごろになつて
わたくしをいつしやうあかるくするために
こんなさつぱりした雪のひとわんを
おまへはわたくしにたのんだのだ
ありがたうわたくしのけなげないもうとよ
わたくしもまつすぐにすすんでいくから
　（あめゆじゆとてちてけんじや）
はげしいはげしい熱やあえぎのあひだから
おまへはわたくしにたのんだのだ
　銀河や太陽　気圏などとよばれたせかいの

そらからおちた雪のさいごのひとわんを……
……ふたきれのみかげせきざいに
みぞれはさびしくたまつてゐる
わたくしはそのうへにあぶなくたち
雪と水とのまつしろな二相系《にそうけい》をたもち
すきとほるつめたい雫《しずく》にみちた
このつややかな松のえだから
わたくしのやさしいいもうとの
さいごのたべものをもらつていかう
わたしたちがいつしよにそだつてきたあひだ
みなれたちやわんのこの藍《あい》のもやうにも
もうけふおまへはわかれてしまふ
(Ora Orade Shitori egumo)
ほんたうにけふおまへはわかれてしまふ
あぁあのとざされた病室の

くらいびやうぶやかやのなかに
やさしくあをじろく燃えてゐる
わたくしのけなげないもうとよ
この雪はどこをえらばうにも
あんまりどこもまつしろなのだ
あんなおそろしいみだれたそらから
このうつくしい雪がきたのだ
　　（うまれでくるたて
　　　こんどはこたにわりやのごとばかりで
　　　くるしまなあよにうまれてくる）
おまへがたべるこのふたわんのゆきに
わたくしはいまこころからいのる
どうかこれが兜率《とそつ》の天の食に変つて
やがてはおまへとみんなとに
聖《きよ》い資糧《しりよう》をもたらすことを

わたくしのすべてのさいはひをかけてねがふ

旅上　萩原朔太郎

ふらんすへ行きたしと思へども
ふらんすはあまりに遠し
せめては新しき背広をきて
きままなる旅にいでてみん。
汽車が山道をゆくとき
みづいろの窓によりかかりて
われひとりうれしきことをおもはむ

はぎわら・さくたろう　21頁参照。

「旅上」……『純情小曲集』（一九二五年・新潮社刊）

五月の朝のしののめ
うら若草のもえいづる心まかせに。

秋の夜の会話　草野心平

さむいね。
ああさむいね。
虫がないてるね。
ああ虫がないてるね。
もうすぐ土の中だね。
土の中はいやだね。

くさの・しんぺい
（一九〇三〜八八）
福島県生れ。蛙、富士山を繰り返しモチーフに選び、独自の共生感に根ざす多くの詩作を残した。代表作に『絶景』『富士山』『定本　蛙』『宮沢

瘦《や》せたね。
君もずいぶん瘦せたね。
どこがこんなに切ないんだろうね。
腹だろうかね。
腹とったら死ぬだろうね。
死にたかあないね。
さむいね。
ああ虫がないてるね。

賢治覚書』など。
「秋の夜の会話」……『第百階級』（一九二八年・銅鑼社刊）

春

安西冬衛

てふてふが一匹韃靼《だつたん》海峡を渡つて行つた。

あんざい・ふゆえ
（一八九八～一九六五）
奈良県生れ。一九二四年大連で詩誌「亜」創刊。二八年「詩と詩論」の同人となる。地勢と心象を結びつけた独自の一行詩が有名。代表作『韃靼海峡と蝶』『座せる闘牛士』など。

「春」……『軍艦茉莉』（一九二九年・厚生閣刊）

てふてふ　蝶々のこと
韃靼海峡　樺太とユーラシア大陸間の海峡。間宮海峡。

汚れつちまつた悲しみに……　中原中也

なかはら・ちゅうや　89頁参照。

「汚れつちまつた悲しみに……」……『山羊の歌』（一九三四年・文圃堂刊）

汚れつちまつた悲しみに
今日も小雪の降りかかる
汚れつちまつた悲しみに
今日も風さへ吹きすぎる

汚れつちまつた悲しみは
たとへば狐《きつね》の革裘《かわごろも》
汚れつちまつた悲しみは
小雪のかかつてちぢこまる

汚れつちまつた悲しみは

なにのぞむなくねがふなく
汚れつちまつた悲しみは
倦怠《けだい》のうちに死を夢む

汚れつちまつた悲しみに
いたいたしくも怖気《おじけ》づき
汚れつちまつた悲しみに
なすところもなく日は暮れる……

歌

中野重治

おまえは歌うな
おまえは赤ままの花やとんぼの羽根《はね》を歌うな
風のささやきや女の髪の毛の匂《にお》いを歌うな
すべてのひよわなもの
すべてのうそうそとしたもの
すべてのものうげなものを撥《はじ》き去れ
すべての風情《ふぜい》を擯斥《ひんせき》せよ
もつぱら正直のところを
腹の足《た》しになるところを
胸さきを突きあげてくるぎりぎりのところを歌え
たたかれることによつて弾《は》ねかえる歌を

なかの・しげはる
（一九〇二〜七九）
福井県生れ。堀辰雄らと同人誌「驢馬」を創刊する。同時にプロレタリア文学運動に参加。代表作に『歌のわかれ』『甲乙丙丁』など。

「歌」……『中野重治詩集』
（一九三五年・ナウカ社刊）

恥辱《ちじょく》の底から勇気を汲《く》みくる歌を
それらの歌々を
咽喉《のど》をふくらまして厳しい韻律《いんりつ》に歌いあげよ
それらの歌々を
行く行く人びとの胸郭《きょうかく》にたたきこめ

葦の地方　小野十三郎

おの・とおざぶろう　102頁参照。

遠方に
波の音がする。
末枯れはじめた大葦原の上に

高圧線の弧が大きくたるんでゐる。
地平には
重油タンク。
寒い透きとほる晩秋の陽の中を
ユーフアウシヤのやうなとうすみ蜻蛉《とんぼ》が風に流され
硫安や　曹達《ソーダ》や
電気や　鋼鉄の原で
ノヂギクの一むらがちぢれあがり
絶滅する。

「葦の地方」……『大阪』
（一九三九年・赤塚書房刊）

ぼろぼろな駝鳥

高村光太郎

たかむら・こうたろう　45頁参照。

「ぼろぼろな駝鳥」……『高村光太郎詩集』(一九五〇年・新潮文庫刊)

何が面白くて駝鳥《だちょう》を飼ふのだ。
動物園の四坪半のぬかるみの中では、
脚が大股《おおまた》過ぎるぢやないか。
頸《くび》があんまり長過ぎるぢやないか。
雪の降る国にこれでは羽がぼろぼろ過ぎるぢやないか。
腹がへるから堅パンも食ふだらうが、
駝鳥の眼は遠くばかり見てゐるぢやないか。
身も世もない様に燃えてゐるぢやないか。
瑠璃《るり》色の風が今にも吹いて来るのを待ちかまへてゐるぢやないか。
あの小さな素朴な頭が無辺大の夢で逆まいてゐるぢやないか。
これはもう駝鳥ぢやないぢやないか。
人間よ、

もう止《よ》せ、こんな事は。

未来へ　丸山薫

父が語つた
御覧　この絵の中を
橇《そり》が疾く走つてゐるのを
狼《おおかみ》の群が追ひ駈《か》けてゐるのを
駅者《ぎよしや》は必死でトナカイに鞭《むち》を当て
旅人はふり向いて荷物のかげから
休みなく銃を狙《ねら》つてゐるのを

まるやま・かおる　98頁参照。
「未来へ」……『涙した神』
（一九四二年・臼井書房刊）

いま銃口から紅《あか》く火が閃《ひらめ》いたのを

息子が語つた
一匹が仕止められて倒れたね
ああ　また一匹躍りかゝつたが
それも血に染まつてもんどり打つた
夜だね　涯《はて》ない曠野《こうや》が雪に埋れてゐる
だが旅人は追ひつかれないだらうか？
橇はどこまで走つてゆくのだらう？

父が語つた
かうして夜の明けるまで
昨日《きのう》の悔ひの一つ一つを撃ち殺して
時間のやうに明日《あす》へ走るのさ
やがて太陽が昇る路《みち》の行く手に

未来の街はかがやいて現れる
御覧
丘の空がもう白みかかつてゐる

麦　石原吉郎

いっぽんのその麦を
すべて苛酷《かこく》な日のための
その証《あか》しとしなさい
植物であるまえに
炎であったから

いしはら・よしろう
（一九一五～七七）
静岡県生れ。第二次大戦後ソ連で最高刑に服役。八年におよぶシベリア抑留体験が終生のテーマとなる。帰国後、詩作を開始した。代表作に『サンチョ・パンサの帰郷』など。

「麦」……『石原吉郎詩集』（一九六七年・思潮社刊）

穀物であるまえに
勇気であったから
上昇であるまえに
決意であったから
そうしてなによりも
収穫であるまえに
祈りであったから
天のほか　ついに
指すものをもたぬ
無数の矢を
つがえたままで
ひきとめている
信じられないほどの
しずかな茎を
風が耐える位置で

記憶しなさい

死んだ男

鮎川信夫

たとえば霧や
あらゆる階段の跫音のなかから、
遺言執行人が、ぼんやりと姿を現す。
——これがすべての始まりである。

遠い昨日……
ぼくらは暗い酒場の椅子《いす》のうえで、

あゆかわ・のぶお　49頁参照。
「死んだ男」……「純粋詩」十一号（一九四七年・市民書肆刊）

ゆがんだ顔をもてあましたり
手紙の封筒を裏返すようなことがあった。
「実際は、影も、形もない？」
――死にそこなってみれば、たしかにそのとおりであった。

Mよ、昨日のひややかな青空が
剃刀《かみそり》の刃にいつまでも残っているね。
だがぼくは、何時何処《いつどこ》で
きみを見失ったのか忘れてしまったよ。
短かかった黄金時代――
活字の置き換えや神様ごっこ――
「それがぼくたちの古い処方箋《せん》だった」と呟《つぶや》いて……
いつも季節は秋だった、昨日も今日も、

「淋《さび》しさの中に落葉がふる」
その声は人影へ、そして街へ、
黒い鉛の道を歩みつづけてきたのだった。

埋葬の日は、言葉もなく
立会う者もなかった
憤激も、悲哀も、不平の柔弱な椅子もなかった。
空にむかって眼をあげ
きみはただ重たい靴のなかに足をつっこんで静かに横たわったのだ。
「さよなら、太陽も海も信ずるに足りない」
Mよ、地下に眠るMよ、
きみの胸の傷口は今でもまだ痛むか。

松

永瀬清子

公会堂を建てるために
山から人々は松を伐《き》つてくる。
松やにの匂ひが村中に流れて
大きな丸太がごろりごろりところがされる、
まつしろな霜に朝日がさして
まるで紫色の焔《ほのお》が燃えてゐるような道芝の上に。
力ある人々の
たのもしい木の切口。
沢山の年輪がめまぐるしく渦まいて
これは何十年と静かな〳〵山の中で

ながせ・きよこ
（一九〇六～九五）
岡山県生れ。佐藤惣之助に師事し、「詩之家」同人となる。一九三〇年、第一詩集『グレンデルの母親』を刊行。ほかに『あけがたにくる人よ』など。

「松」……『美しい国』（一九四八年・炉書房刊）

たくはへられてゐた肥え松の匂ひ。
公会堂が出来たら
よい事を話しあはう。
よい事を考へあはう。
羊歯《しだ》や笹《ささ》やつゝじの枝を折りしだいて
山から伐り出されてくる松の木。
いたましい戦争のためではなくて
美しい国を創《つ》くるために
曳きだされてくる松の木。
あたらしいいい匂ひのする松の木。

I was born　吉野弘

よしの・ひろし　58頁参照。

「I was born」……『消息』（一九五七年・私家版）

確か　英語を習い始めて間もない頃だ。

或《あ》る夏の宵。父と一緒に寺の境内を歩いてゆくと　青い夕靄《ゆうもや》の奥から浮き出るように　白い女がこちらへやってくる。物憂《ものう》げに　ゆっくりと。

女は身重らしかった。父に気兼ねをしながらも僕は女の腹から眼を離さなかった。頭を下にした胎児の　柔軟なうごめきを　腹のあたりに連想し　それがやがて世に生まれ出ることの不思議に打たれていた。

女はゆき過ぎた。

少年の思いは飛躍しやすい。その時　僕は〈生まれる〉ということが　まさしく〈受身〉である訳を　ふと諒解《りようかい》した。僕は興奮して父に話しかけた。

——やっぱり I was born なんだね——

父は怪訝《けげん》そうに僕の顔をのぞきこんだ。僕は繰り返した。

——I was born さ。受身形だよ。正しく言うと人間は生まれさせられるんだ。自分の意志ではないんだね——

その時　どんな驚きで　父は息子の言葉を聞いたか。僕の表情が単に無邪気として父の眼にうつり得たか。それを察するには　僕はまだ余りに幼なかった。僕にとってこの事は文法上の単純な発見に過ぎなかったのだから。

父は無言で暫《しばら》く歩いた後　思いがけない話をした。

——蜉蝣《かげろう》という虫はね。生まれてから二、三日で死ぬん

だそうだが　それなら一体　何の為《ため》に世の中へ出てくるのかと　そんな事がひどく気になった頃があってね——

　僕は父を見た。父は続けた。

——友人にその話をしたら　或日　これが蜉蝣の雌だといって拡大鏡で見せてくれた。説明によると　口は全く退化して食物を摂《と》るに適しない。胃の腑《ふ》を開いても　入っているのは空気ばかり。見ると　その通りなんだ。ところが　卵だけは腹の中にぎっしり充満していて　ほっそりした胸の方にまで及んでいる。それはまるで　目まぐるしく繰り返される生き死にの悲しみが　咽喉もとまで　こみあげているように見えるのだ。淋しい　光りの粒々だったね。私が友人の方を振り向いて〈卵〉というと　彼も肯《うなず》いて答えた。〈せつなげだね〉。そんなことがあってから間もなくのことだったんだよ、お母さんがお前を生み落としてすぐに死なれたのは——。

父の話のそれからあとは　もう覚えていない。ただひ
とつ痛みのように切なく　僕の脳裡《のうり》に灼《や》きついたものが
あった。
――ほっそりした母の　胸の方まで　息苦しくふさいで
いた白い僕の肉体――。

紙風船　黒田三郎

くろだ・さぶろう　61頁参照。

落ちて来たら
今度は

もっと高く
もっともっと高く
何度でも
打ち上げよう

美しい
願いごとのように

「紙風船」……『もっと高く』（一九六四年・思潮社刊）

私の前にある鍋《なべ》とお釜《かま》と燃える火と

石垣りん

いしがき・りん　100頁参照。

それはながい間

私たち女のまえに
いつも置かれてあつたもの、

自分の力にかなう
ほどよい大きさの鍋や
お米がぷつぷつとふくらんで
光り出すに都合のいい釜や
劫初《ごうしょ》からうけつがれた火のほてりの前には
母や、祖母や、またその母たちがいつも居た。

その人たちは
どれほどの愛や誠実の分量を
これらの器物にそそぎ入れたことだろう、
ある時はそれが赤いにんじんだつたり
くろい昆布だつたり

「私の前にある鍋とお釜と燃える火と」……『私の前にある鍋とお釜と燃える火と』（一九五九年・書肆ユリイカ刊）
劫初　この世界の創世されたはじめ

たたきつぶされた魚だつたり
台所では
いつも正確に朝昼晩への用意がなされ
用意のまえにはいつも幾たりかの
あたたかい膝《ひざ》や手が並んでいた。
ああその並ぶべきいくたりかの人がなくて
どうして女がいそいそと炊事など
繰り返せたろう？
それはたゆみないいつくしみ
無意識なまでに日常化した奉仕の姿。
炊事が奇《く》しくも分けられた
女の役目であつたのは

不幸なこととは思われない、
そのために知識や、世間での地位が
たちおくれたとしても
おそくはない
私たちの前にあるものは
鍋とお釜と、燃える火と

それらなつかしい器物の前で
お芋や、肉を料理するように
深い思いをこめて
政治や経済や文学も勉強しよう、

それはおごりや栄達のためでなく
全部が
人間のために供せられるように

全部が愛情の対象あつて励むように。

鹿《しか》　村野四郎

鹿は　森のはずれの
夕日の中に　じっと立っていた
彼は知っていた
小さい額が狙われているのを
けれども　彼に
どうすることが出来ただろう
彼は　すんなり立って

むらの・しろう
（一九〇一〜七五）
東京生れ。慶大理財科卒業後、実業家の道を歩む。『体操詩集』が実験的作品として注目された。『亡羊記』で読売文学賞を受賞。

村の方を見ていた
生きる時間が黄金のように光る
彼の棲家《すみか》である
大きい森の夜を背景にして

「鹿」……『亡羊記』（一九五九年・政治公論社「無限」編集部刊）

帰途

田村隆一

言葉なんかおぼえるんじゃなかつた
言葉のない世界
意味が意味にならない世界に生きてたら
どんなによかつたか

たむら・りゅういち（一九二三〜九八）東京生れ。鮎川信夫らと詩誌「荒地」を創刊する。一九五六年、第一詩集『四千の日と

あなたが美しい言葉に復讐《ふくしゆう》されても
そいつは　ぼくとは無関係だ
きみが静かな意味に血を流したところで
そいつも無関係だ

あなたのやさしい眼のなかにある涙
きみの沈黙の舌からおちてくる痛苦
ぼくたちの世界にもし言葉がなかつたら
ぼくはただそれを眺めて立ち去るだろう

あなたの涙に　果実の核ほどの意味があるか
きみの一滴の血に　この世界の夕暮れの
ふるえるような夕焼けのひびきがあるか

夜』を刊行。ほかに『奴隷の歓び』など。
「帰途」……『言葉のない世界』（一九六二年・昭森社刊）

言葉なんかおぼえるんじやなかつた
日本語とほんのすこしの外国語をおぼえたおかげで
ぼくはあなたの涙のなかに立ちどまる
ぼくはきみの血のなかにたつたひとりで帰つてくる

われは草なり

高見順

われは草なり
伸びんとす
伸びられるとき
伸びんとす

たかみ・じゅん
（一九〇七〜六五）
福井県生れ。左翼運動に身を投じのちに転向。一九三五年、長編小説『故旧忘れ得べき』

伸びられぬ日は
伸びぬなり
伸びられる日は
伸びるなり

われは草なり
緑なり
全身すべて
緑なり
毎年かはらず
緑なり
緑の己れに
あきぬなり

われは草なり

で注目を集める。ほかに『如何なる星の下に』など。

「われは草なり」……『高見順日記　第三巻』（一九六四年・勁草書房刊）

緑なり
緑の深きを
願ふなり

あゝ　生きる日の
美しき
あゝ　生きる日の
楽しさよ
われは草なり
生きんとす
草のいのちを
生きんとす

発車

吉原幸子

こはれた目覚し時計のやうに
もう　ながいこと
わたしのなかで
発車のベルが　なりやまない

柱の傍らに化石して　ボタンを押す
不きげんな車掌は　わたし
うすぐらい座席の隅に目をつぶって待つ
不きげんな乗客も　わたしだ
発《た》たう　青い海辺へ
囚《とら》はれないひとりの空へ

よしはら・さちこ
（一九三二～二〇〇二）
東京生れ。東大卒業後、劇団四季に入団して主役を務めるが退団。一九六四年、第一詩集『幼年連祷』で室生犀星賞。他に『昼顔』『発光』など。

「発車」……『オンディーヌ』（一九七二年・思潮社刊）

屋根々々の　夕ぐれの
このまとひつく風景を　捨てて
発たう
ただ　あのベルがなりやんだら——

自分の感受性くらい　茨木のり子

ぱさぱさに乾いてゆく心を
ひとのせいにはするな

いばらぎ・のりこ　55頁参照。

みずから水やりを怠っておいて

気難かしくなってきたのを
友人のせいにはするな
しなやかさを失ったのはどちらなのか

苛立《いらだ》つのを
近親のせいにはするな
なにもかも下手だったのはわたくし

初心消えかかるのを
暮しのせいにはするな
そもそもが　ひよわな志にすぎなかった

駄目なことの一切を

「自分の感受性くらい」……『自分の感受性くらい』（一九七七年・花神社刊）

時代のせいにはするな
わずかに光る尊厳の放棄

自分の感受性くらい
自分で守れ
ばかものよ

Ⅳ　ことばの響きを味わう詩

落葉

ポオル・ヴェルレエヌ
上田敏訳

秋の日の
ヴィオロンの
ためいきの
身にしみて
ひたぶるに
うら悲し。

鐘のおとに
胸ふたぎ
色かへて
涙ぐむ

ポオル・ヴェルレエヌ（一八四四〜九六）
フランス・メス生れ。マラルメ、ランボーらとともに象徴派と称された。若い頃から飲酒と放逸の性向を示し、晩年は梅毒を患った。代表作『言葉なき恋歌』『呪われた詩人たち』など。

うえだ・びん　27頁参照。

「落葉」……『海潮音』（一九〇五年・本郷書院刊）

過ぎし日の
おもひでや。
げにわれは
うらぶれて
こゝかしこ
さだめなく
とび散らふ
落葉かな。

漂泊《ひょうはく》

伊良子清白

ひたぶる　いちずにそのこと
に集中するさま

蓆戸《むしろど》に
秋風《あきかぜ》吹《ふ》いて
河添《かわぞい》の旅籠屋《はたごや》さびし
哀《あわ》れなる旅《たび》の男《おとこ》は
夕暮《ゆうぐれ》の空《そら》を眺《なが》めて
いと低《ひく》く歌《うた》ひはじめぬ

亡母《なきはは》は
処女《おとめ》と成《な》りて
白《しろ》き額月《ぬかつき》に現《あら》はれ
亡父《なきちち》は
童子《わらわ》と成《な》りて
円《まろ》き肩銀河《かたぎんが》を渡《わた》る

いらこ・せいはく
（一八七七〜一九四六）
鳥取県生れ。医学校在学中から詩を寄稿。自選詩集『孔雀船』刊行後に筆を折ったが、日夏耿之介、西条八十らの絶賛を受け、詩壇に復帰した。

「漂泊」……『孔雀船』（一九〇六年・左久良書房刊）

蓆戸　戸板の部分をい草や藁で編んだもの
額月　上部を半円形に開けた壁の小さな出入り口

柳洩《やなぎも》る
夜《よ》の河白《かわしろ》く
河越《かわこ》えて煙《けぶり》の小野《おの》に
かすかなる笛《ふえ》の音《ね》ありて
旅人《たびびと》の胸《むね》に触《ふ》れたり

故郷《ふるさと》の
谷間《たにま》の歌《うた》は
続《つづ》きつゝ断《た》えつゝ哀《かな》し
大空《おおぞら》の返響《こだま》の音《おと》と
地《ち》の底《そこ》のうめきの声《こえ》と
交《まじわ》りて調《しらべ》は深《ふか》し

旅人《たびびと》に
母《はは》はやどりぬ

若人《わかびと》に
父《ちち》は降《くだ》れり
小野《おの》の笛煙《ふえけぶり》の中《なか》に
かすかなる節《ふし》は残《のこ》れり

旅人《たびびと》は
歌《うた》ひ続《つづ》けぬ
嬰子《みどりご》の昔《むかし》にかへり
微笑《ほほえ》みて歌《うた》ひつゝあり

風景
純銀もざいく

山村暮鳥

いちめんのなのはな
いちめんのなのはな
いちめんのなのはな
いちめんのなのはな
いちめんのなのはな
いちめんのなのはな
いちめんのなのはな
かすかなるむぎぶえ
いちめんのなのはな
いちめんのなのはな

やまむら・ぼちょう
（一八八四〜一九二四）
群馬県生れ。十代で洗礼を受け、伝道師として活動。一九一三年、『三人の処女』を刊行。童話も書いた。

「風景　純銀もざいく」……『聖三稜玻璃』（一九一五年・にんぎよ詩社刊）

むぎぶえ　麦の茎を切って笛のように吹くもの

いちめんのなのはな
いちめんのなのはな
いちめんのなのはな
いちめんのなのはな
いちめんのなのはな
いちめんのなのはな
ひばりのおしやべり
いちめんのなのはな

いちめんのなのはな
いちめんのなのはな
いちめんのなのはな
いちめんのなのはな
いちめんのなのはな
いちめんのなのはな

いちめんのなのはな
やめるはひるのつき
いちめんのなのはな

シャボン玉

コクトー
堀口大學 訳

――備忘録断章――

シャボン玉の中へは
庭は這入《はい》れません
周囲《まわり》をくるくる廻っています

ジャン・コクトー
（一八八九～一九六三）
フランス・パリ生れ。一九〇

九年、第一詩集『アラジンのランプ』を刊行。戯曲、絵画、映画などにも才能を発揮する。ほかに『寄港地』など。

ほりぐち・だいがく　29頁参照。

「シャボン玉」……『訳詩集月下の一群』（一九二五年・第一書房刊）

私と小鳥と鈴と

金子みすゞ

私が両手をひろげても、
お空はちつとも飛べないが、
飛べる小鳥は私のやうに、
地面《じべた》を速《はや》くは走れない。

私がからだをゆすつても、
きれいな音は出ないけど、
あの鳴る鈴は私のやうに
たくさんな唄《うた》は知らないよ。

鈴と、小鳥と、それから私、

かねこ・みすず　17頁参照。

「私と小鳥と鈴と」……『さみしい王女　新装版金子みすゞ全集Ⅲ』（一九八四年・JULA出版局刊）

みんなちがって、みんないい。

素朴な琴　八木重吉

この明るさのなかへ
ひとつの素朴な琴をおけば
秋の美くしさに耐へかね
琴はしづかに鳴りいだすだらう

やぎ・じゅうきち（一八九八～一九二七）東京生れ。一九二五年に第一詩集『秋の瞳』を刊行。熱心なキリスト教徒だったが、肺結核に侵され二十九歳で逝去。

「素朴な琴」……『貧しき信徒』（一九二八年・野菊社刊）

甃《いし》のうへ

三好達治

あはれ花びらながれ
をみなごに花びらながれ
をみなごしめやかに語らひあゆみ
うららかの跫音《あしおと》空にながれ
をりふしに瞳《ひとみ》をあげて
翳《かげ》りなきみ寺の春をすぎゆくなり
み寺の甍《いらか》みどりにうるほひ
廂《ひさし》々に
風鐸《ふうたく》のすがたしづかなれば
ひとりなる
わが身の影をあゆまする甃のうへ

みよし・たつじ　18頁参照。

「甃のうへ」……『測量船』（一九三〇年・第一書房刊）

甃　石畳
をみなご　若い女性
をりふし　ときどき
風鐸　仏堂などにつるす青銅製の鐘形の鈴

ギリシャ的抒情詩《じょじょうし》（抄）

西脇順三郎

天気

（覆《くつがえ》された宝石）のような朝
何人か戸口にて誰かとささやく
それは神の生誕の日

にしわき・じゅんざぶろう
（一八九四〜一九八二）
新潟県生れ。一九二五年、英文第一詩集『Spectrum』を刊行。のちに「詩と詩論」に参加する。ほかに『旅人かへらず』『第三の神話』など。

「ギリシャ的抒情詩」……『Ambarvalia』（一九三三年・椎の木社刊）

雨

南風は柔い女神をもたらした
青銅をぬらした　噴水をぬらした
ツバメの羽と黄金の毛をぬらした
潮をぬらし　砂をぬらし　魚をぬらした
静かに寺院と風呂場《ふろば》と劇場をぬらした
この静かな柔い女神の行列が
私の舌をぬらした

太陽

カルモジインの田舎は大理石の産地で
其処《そこ》で私は夏をすごしたことがあつた

ヒバリもいないし　蛇も出ない
ただ青いスモモの藪《やぶ》から太陽が出て
またスモモの藪へ沈む
少年は小川でドルフィンを捉《とら》えて笑った

眼

白い波が頭へとびかかってくる七月に
南方の綺麗《きれい》な町をすぎる
静かな庭が旅人のために眠っている
薔薇《ばら》に砂に水
薔薇に霞《かす》む心
石に刻まれた髪
石に刻まれた音
石に刻まれた眼は永遠に開く

Ⅲ

黄色い菫《すみれ》が咲く頃の昔
海豚《いるか》は天にも海にも頭をもたげ
尖《とが》つた船に花が飾られ
ディオニソスは夢みつつ航海する
模様のある皿の中で顔を洗つて
宝石商人と一緒に地中海を渡つた
その少年の名は忘れられた
麗《うららか》な忘却の朝

サーカス　中原中也

なかはら・ちゅうや　89頁参照。

「サーカス」……『山羊の歌』（一九三四年・文圃堂刊）

幾時代かがありまして
　茶色い戦争ありました

幾時代かがありまして
　冬は疾風吹きました

幾時代かがありまして
　今夜此処《ここ》での一《ひ》と殷盛《さか》り
　　今夜此処での一と殷盛り

サーカス小屋は高い梁《はり》

　そこに一つのブランコだ
見えるともないブランコだ
頭倒《さか》さに手を垂れて
　汚れ木綿の屋蓋《やね》のもと
ゆあーん　ゆよーん　ゆやゆよん

それの近くの白い灯が
　安値《やす》いリボンと息を吐き
観客様はみな鰯《いわし》
　咽喉《のんど》が鳴ります牡蠣殻《かきがら》と
ゆあーん　ゆよーん　ゆやゆよん

　　屋外《やがい》は真ッ闇《まくら》　闇《くら》の闇《くら》

夜は劫々《こうこう》と更《ふ》けまする
落下傘《らくかがさめ》奴のノスタルヂアと
ゆあーん　ゆよーん　ゆやゆよん

もうじき春よ　サトウ・ハチロー

もうじき春よ、三月よ
兎《うさぎ》のしもやけ　なほつたの
いえいいえ　お耳がまだかゆい。
もうじき春よ、三月よ

サトウ・ハチロー
（一九〇三～七三）
東京生れ。父は俳人、劇作家の佐藤紅緑。立教大中退。童謡のほか、「リンゴの唄」など歌謡曲も多く作詞。またユ

象さんおかぜは　なほつたの
いえいいえ　お鼻がまだ寒い。

もうじき春よ、三月よ
お山のをばさん　どうしたの
まだまだ　真綿のチヤンチヤンコ。

もうじき春よ、三月よ
お池の金魚は　どうしたの
まだまだこつそり　石のかげ。

ーモア小説も多く発表した。代表作「ちいさい秋みつけた」など。

「もうじき春よ」……『てんとむし』（一九四七年・川崎出版社刊）

勧酒

于武陵
井伏鱒二 訳

勧君金屈巵
満酌不須辞
花発多風雨
人生足別離

コノサカヅキヲ受ケテクレ
ドウゾナミナミツガシテオクレ
ハナニアラシノタトヘモアルゾ
「サヨナラ」ダケガ人生ダ

う・ぶりょう
九世紀中国の詩人。名は鄴《ぎょう》、武陵は字。

いぶせ・ますじ
（一八九八～一九九三）
広島県生れ。小説家。本名、満寿二。一九三八年『ジョン万次郎漂流記』で直木賞、六六年に『黒い雨』で野間文芸賞を受賞。六六年、文化勲章受章。

「勧酒」……『厄除け詩集』
（一九三七年・野田書房刊）

たんぽぽ

川崎洋

たんぽぽが
たくさん飛んでいく
ひとつひとつ
みんな名前があるんだ
おーい　たぽんぽ
おーい　ぽぽんた

かわさき・ひろし
（一九三〇〜二〇〇四）
東京生れ。投稿仲間だった茨木のり子と詩誌「櫂」を創刊。放送詩劇や方言論の著作もある。読売新聞紙上で「こどもの詩」の選者を長く務めた。

おーい　ぽんたぽ
おーい　ぽたぽん
川に落ちるな

代表作『はくちょう』『木の考え方』など。「たんぽぽ」……『しかられた神さま』(一九八一年・理論社刊)

さんたんたる鮟鱇《あんこう》

村野四郎

へんな運命が私をみつめている　リルケ

顎《あご》を　むざんに引っかけられ

むらの・しろう　149頁参照。

逆さに吊《つ》りさげられた
うすい膜の中の
くったりした死
これは　いかなるもののなれの果だ

見なれない手が寄ってきて
切りさいなみ　削りとり
だんだん稀薄《きはく》になっていく　この実在
しまいには　うすい膜も切りさられ
もう　鮟鱇はどこにも無い
惨劇は終っている

なんにも残らない廂から
まだ　ぶら下っているのは
大きく曲った鉄の鉤《かぎ》だけだ

「さんたんたる鮟鱇」……『抽象の城』（一九五四年・宝文館刊）

静物

吉岡実

夜の器の硬い面の内で
あざやかさを増してくる
秋のくだもの
りんごや梨《なし》やぶどうの類
それぞれは
かさなったままの姿勢で
眠りへ
ひとつの諧調へ

よしおか・みのる
（一九一九〜九〇）
東京生れ。徴兵で満州を転戦。
戦後は出版社に勤務。代表作
に『サフラン摘み』『薬玉』
など。戦後モダニズム詩の代
表的詩人。装丁を行い童話も
書いた。

「静物」……『静物』（一九

大いなる音楽へと沿うてゆく
めいめいの最も深いところへ至り
核はおもむろによこたわる
そのまわりを
めぐる豊かな腐爛《ふらん》の時間
いま死者の歯のまえで
石のように発しない
それらのくだものの類は
いよいよ重みを加える
深い器のなかで
この夜の仮象の裡で
ときに
大きくかたむく

五五年・私家版）

あめ

山田今次

あめ　あめ　あめ　あめ
あめ　あめ　あめ　あめ
あめはぼくらを　ざんざか　たたく
ざんざか　ざんざか
ざんざん　ざかざか
あめは　ざんざん　ざかざか　ざかざか
ほったてごやを　ねらって　たたく
ぼくらの　くらしを　びしびし　たたく
さびが　ざりざり　はげてる　やねを
やすむことなく　しきりに　たたく

やまだ・いまじ（一九一二〜九八）横浜生れ。京浜の労働者として働きながら文学活動に参加。プロレタリア詩運動に加わり検挙されたこともある。詩集『行く手』『手帖』がある。

「あめ」……『行く手』（一九五八年・コスモス社刊）

ふる　ふる　ふる　ふる
ふる　ふる　ふる　ふる
あめは　ざんざん　ざかざん　ざかざん
ざかざん　ざかざん
ざんざん　ざかざか
つぎから　つぎへと　ざかざか　ざかざか
みみにも　むねにも　しみこむ　ほどに
ぼくらの　くらしを　かこんで　たたく

祭火

吉増剛造

こんな死骸《しがい》を夢みていたのか
こんな死骸を求めていたのか
おお　おれの死骸は燃焼不完全
肉塊には
まだ新鮮な細胞が泡立ち
春のような痛みが骨を巻く
首のつけ根で海原が頭髪の方角にかすかにゆれ
尖塔《せんとう》のようなユビが一本　宇宙の夕焼けを切り開いて
はるかに
のびてゆく
おお　おれの死骸はいまだ死滅しない
依然
ぶすぶすと文明の迷路で煙をあげている

よします・ごうぞう
（一九三九〜）
東京生れ。一九六四年、第一詩集『出発』を刊行。現代日本を代表する先鋭的詩人のひとり。詩の朗読パフォーマンスでも知られる。

「祭火」……『出発』（一九六四年・新芸術社刊）

発火せよ　わが死骸よ
梅雨にさらされ緑の肉あざやかに
白き鋼鉄の矢となれよ
暗黒の天空に浮ぶ一隻《せき》の丸木舟になれよ

わたしを束ねないで

新川和江

わたしを束《たば》ねないで
あらせいとうの花のように
白い葱《ねぎ》のように
束ねないでください　わたしは稲穂

しんかわ・かずえ
（一九二九〜）
茨城県生れ。西条八十に師事する。一九五三年、第一詩集『睡り椅子』を刊行。八三年、

秋　大地が胸を焦《こ》がす
見渡すかぎりの金色《こんじき》の稲穂

わたしを止《と》めないで
標本箱の昆虫のように
高原からきた絵葉書のように
止めないでください　わたしは羽撃《はばた》き
こやみなく空のひろさをかいさぐっている
目には見えないつばさの音

わたしを注《つ》がないで
日常性に薄められた牛乳のように
ぬるい酒のように
注がないでください　わたしは海
夜　とほうもなく満ちてくる

吉原幸子と「現代詩ラ・メール」を創刊。ほかに『記憶する水』など。

「わたしを束ねないで」……『比喩でなく』（一九六八年・地球社刊）

苦い潮《うしお》　ふちのない水

わたしを名付けないで
娘という名　妻という名
重々しい母という名でしつらえた座に
坐《すわ》りきりにさせないでください　わたしは風
りんごの木と
泉のありかを知っている風

わたしを区切らないで
，《コンマ》や・《ピリオド》いくつかの段落
そしておしまいに「さようなら」があったりする手紙の
　ようには
こまめにけりをつけないでください　わたしは終りのな
　い文章

川と同じに
はてしなく流れていく　拡《ひろ》がっていく

一行の詩

祝婚歌　吉野弘

二人が睦《むつ》まじくいるためには
愚かでいるほうがいい
立派すぎないほうがいい
立派すぎることは
長持ちしないことだと気付いているほうがいい
完璧《かんぺき》をめざさないほうがいい

よしの・ひろし　58頁参照。
「祝婚歌」……『風が吹くと』（一九七七年・サンリオ刊）

完璧なんて不自然なことだと
うそぶいているほうがいい
二人のうちどちらかが
ふざけているほうがいい
ずっこけているほうがいい
互いに非難することがあっても
非難できる資格が自分にあったかどうか
あとで
疑わしくなるほうがいい
正しいことを言うときは
少しひかえめにするほうがいい
正しいことを言うときは
相手を傷つけやすいものだと
気付いているほうがいい
立派でありたいとか

正しくありたいとかいう
無理な緊張には
色目を使わず
ゆったり　ゆたかに
光を浴びているほうがいい
健康で　風に吹かれながら
生きていることのなつかしさに
ふと　胸が熱くなる
そんな日があってもいい
そして
なぜ胸が熱くなるのか
黙っていても
二人にはわかるのであってほしい

V　心が浮き立つ詩

春のうた

草野心平

かえるは冬のあいだは土の中にいて春に
　なると地上に出てきます。
　そのはじめての日のうた。

ほっ　まぶしいな。
ほっ　うれしいな。

みずは　つるつる。
かぜは　そよそよ。
ケルルン　クック。
ああいいにおいだ。

くさの・しんぺい　123頁参照。
「春のうた」……「赤とんぼ」第二巻第四号（一九四七年・実業之日本社刊）
いぬのふぐり　ゴマノハグサ科の二年草

ケルルン　クック。
ほっ　いぬのふぐりがさいている。
ほっ　おおきなくもがうごいてくる。
ケルルン　クック。
ケルルン　クック。

一日のはじめに於《おい》て

山村暮鳥

やまむら・ぼちょう　166頁参

みろ

太陽はいま世界のはてから上るところだ
此《こ》の朝霧の街と家家
此の朝あけの鋭い光線
まづ木木の梢《こずえ》のてつぺんからして
新鮮な意識をあたへる
みづみづしい空よ
からすがなき
すずめがなき
ひとびとはかつきりと目ざめ
おきいで
そして言ふ
お早う
お早うと
よろこびと力に満ちてはつきりと
おお此の言葉は生きてゐる！

照。

「一日のはじめに於て」……『風は草木にささやいた』（一九一八年・白日社刊）

何といふ美しいことばであらう
此の言葉の中に人間の純《きよ》さはいまも残つてゐる
此の言葉より人間の一日ははじまる

耳

コクトー
堀口大學　訳

――カンヌ第五――

私の耳は貝の殻
海の響きをなつかしむ

ジャン・コクトー　168頁参照。
ほりぐち・だいがく　29頁参

くらげの唄《うた》

金子光晴

ゆられ、ゆられ
もまれもまれて
そのうちに、僕は
こんなに透きとほってきた。

照。
「耳」……『訳詩集　月下の一群』（一九二五年・第一書房刊）

かねこ・みつはる　97頁参照。
「くらげの唄」……『人間の悲劇』（一九五二年・創元社刊）

だが、ゆられるのは、らくなことではないよ。
外からも透いてみえるだろ。ほら。
僕の消化器のなかには
毛の禿《ち》びた歯刷子《はブラシ》が一本、
それに、黄《き》ろい水が少量。

心なんてきたならしいものは
あるもんかい。いまごろまで。
はらわたもろとも
波がさらっていった。

僕？　僕とはね、
からっぽのことなのさ。

儒艮　本来は哺乳類のジュゴンの当て字だが、「にんぎょ」とルビを振っている。

からっぽが波にゆられ、
また、波にゆりかへされ。

しをれたかとおもふと、
ふぢむらさきにひらき、
夜は、夜で
ランプをともし。

いや、ゆられてゐるのは、ほんたうは
からだを失《な》くしたこころだけなんだ。
こころをつつんでゐた
うすいオブラートなのだ。

いやいや、こんなにからっぽになるまで
ゆられ、ゆられ

もまれ、もまれた苦しさの
疲れの影にすぎないのだ！

円周がつくりだす幻影《ファンテジー》。頭にドーナツをのせた淡紅い肉疣の誕生。いや、それは、月の出だ！　乳房に子供をぶらさげた儒艮《にんぎょ》が、波のうへに立ちあがる、良夜。海上はあかるく、波のうへはどこまでもあるいてゆけさうだ。伏せた睫毛《まつげ》のやうな繊細な渚《なぎさ》……どんな楽器でもいゝ。どんな曲でも、がんがとさす月あかりのなかでは、センチメンタルにきこえるだけだ。

　僕らの頭を狂はせたのは、潮流の悪戯《いたずら》ではない。船は、どうして騙《だま》されたのか、十日十夜航路のそとを走りつづける。

　なんといふ平静だらう。なんといふみごとなアンバランスの上のバランスだらう。テーブルのうへに立つ一個の鶏卵。そのまはりの真空に似たみどりのしみが、方向と位置を測って、ふみとどまる危険な瞬間。

草に寝て……

立原道造

六月の或《あ》る日曜日に

それは　花にへりどられた　高原の
林のなかの草地であつた　小鳥らの
たのしい唄をくりかへす　美しい声が
まどろんだ耳のそばに　きこえてゐた
私たちは　山のあちらに
青く　光つてゐる空を
淡く　ながれてゆく雲を

たちはら・みちぞう　91頁参照。

「草に寝て……」……『立原道造全集　第二巻』（一九五一年・角川書店刊）

ながめてゐた　言葉すくなく
――しあはせは　どこにある?
山のあちらの　あの青い空に　そして
その下の　ちひさな　見知らない村に

私たちの　心は　あたゝかだつた
山は　優しく　陽にてらされてゐた
希望と夢と　小鳥と花と　私たちの友だちだつた

天

山之口貘

草にねころんでゐると
眼下には天が深い
風
雲
太陽
有名なものたちの住んでゐる世界
天は青く深いのだ
みおろしていると
体軀《からだ》が落つこちさうになつてこわいのだ

やまのくち・ばく　43頁参照。
「天」……『思辨の苑』（一九三八年・むらさき出版部刊）

僕は草木の根のやうに
土の中へもぐり込みたくなつてしまふのだ

おさるが　ふねを　かきました

まど・みちお

ふねでも　かいて　みましょうと
おさるが　ふねを　かきました
けむりを　もこもこ　はかそうと
えんとつ　いっぽん　たてました

まど・みちお　103頁参照。
「おさるが　ふねを　かきました」……『少年少女詩集』
（一九七〇年・弥生書房刊）

なんだか　すこし　さびしいと
しっぽも　いっぽん　つけました
ほんとに　じょうずに　かけたなと
さかだち　いっかい　やりました

シジミ

石垣りん

夜中に目をさました。
ゆうべ買ったシジミたちが
台所のすみで

いしがき・りん　100頁参照。
「シジミ」……『表札など』

口をあけて生きていた。

「夜が明けたら
ドレモコレモ
ミンナクッテヤル」

鬼ババの笑いを
私は笑つた。
それから先は
うつすら口をあけて
寝るよりほかに私の夜はなかつた。

（一九六八年・思潮社刊）

朝のリレー　谷川俊太郎

カムチャッカの若者が
きりんの夢を見ているとき
メキシコの娘は
朝もやの中でバスを待っている
ニューヨークの少女が
ほほえみながら寝がえりをうつとき
ローマの少年は
柱頭を染める朝陽にウインクする
この地球では
いつもどこかで朝がはじまっている

たにかわ・しゅんたろう　51頁参照。
「朝のリレー」……『谷川俊太郎詩集』(一九六八年・河出書房刊)

ぼくらは朝をリレーするのだ
経度から経度へと
そうしていわば交替で地球を守る
眠る前のひとときに耳をすますと
どこか遠くで目覚時計のベルが鳴ってる
それはあなたの送った朝を
誰かがしっかりと受けとめた証拠なのだ

てつぼう　糸井重里

てつぼうは　きみを

いとい・しげさと

　　　まっています
ひくいほうのも
たかいほうのてつぼうも
きみを　まっています

きみが　さかあがりするのを
きみが　しりあがりするのを
きみが　あしかけあがりするのを
てつぼうは　まっています

きみが　こないと
てつぼうは　ただの　てつぼうです
さみしいてつぼうです

てつぼうは　まっています

（一九四八〜）
群馬県生れ。コピーライター。広告、作詞、文筆、ゲーム制作など多彩な分野で活躍。ウェブサイト「ほぼ日刊イトイ新聞」を主宰。

「てつぼう」……「小学一年生」一九八六年十一月号（小学館刊）

きみが　まえまわりするのを
きみが　うしろまわりするのを
きみが　だいしゃりんするのを

てつぼうは　こんな　こさめのふるひ
いつまでも　きみを　まっています

三年よ　阪田寛夫

ついに三年はおわろうとしている
あとなん十日かのうんめいである

さかた・ひろお
（一九二五～二〇〇五）

おい三年よ
いっしょに四年になりたいか
四年になったら六時間目があるぞ
あひる当番もきついぞ
いままでみたいなちょうしでは
まあ、むりだな
三年よ
また二年から
ちびさんたちがあがってくるよ
ぼうしやカバンの二年の二の字に
一本棒《ぼう》を書きたして
三年なん組だれそれって、すましていうさ
ぼくらはこんどはそうはいかん
四は三とはだんぜんちがう
だから、いまからかくごもかたい

大阪生れ。東大卒。朝日放送に入社し、放送劇やミュージカル、児童文学の作品を多数発表。詩集に『わたしの動物園』、童謡に「サッちゃん」、小説に『土の器』（芥川賞）、「海道東征」（川端賞）などがある。

「三年よ」……『夕方のにおい』（一九七八年・教育出版センター刊）組詩「三年生」より。

そろそろいくぞ
なくなよ三年

うち 知《し》ってんねん

島田陽子

あの子《こ》 かなわんねん
かくれてて おどかしやるし
そうじは なまけやるし
わるさばっかし しやんねん
そやけど
よわい子《こ》ォには やさしいねん

しまだ・ようこ
（一九二九〜二〇一一）
東京生れ。一九七〇年の大阪万博のテーマソング「世界の国からこんにちは」を作詞した。詩集『大阪ことばあそびうた』など。

うち　知《し》ってんねん
あの子《こ》　かなわんねん
うちのくつ　かくしやるし
ノートは　のぞきやるし
わるさばっかし　しやんねん
そやけど
ほかの子《こ》ォには　せえへんねん
うち　知《し》ってんねん

そやねん
うちのこと　かまいたいねん
うち　知《し》ってんねん

「うち　知ってんねん」……『ほんまにほんま　大阪弁のうた二人集』（一九八〇年・サンリード刊・畑中圭一との共著）

未確認飛行物体

入沢康夫

薬罐《やかん》だつて、
空を飛ばないとはかぎらない。

水のいつぱい入つた薬罐が
夜ごと、こつそり台所をぬけ出し、
町の上を、
畑の上を、また、つぎの町の上を
心もち身をかしげて、
一生けんめいに飛んで行く。

いりさわ・やすお
（一九三一〜）
島根県生れ。抒情的詩想を廃した「擬物語詩」を目指す作品群により高い達成を果たす。代表作に『わが出雲・わが鎮魂』『漂ふ舟 わが地獄くだり』など。

「未確認飛行物体」……『春の散歩』（一九八二年・青土社刊）

天の河の下、渡りの雁の列の下、
人工衛星の弧の下を、
息せき切つて、飛んで、飛んで、
（でももちろん、そんなに早かないんだ）
そのあげく、
砂漠のまん中に一輪咲いた淋しい花、
大好きなその白い花に、
水をみんなやつて戻つて来る。

【出典一覧】

（収録順、版元表記のないものは新潮文庫版）

I

「さみしい王女　新装版金子みすゞ全集Ⅲ」（JULA出版局、一九八四）
「三好達治詩集」（一九五一）
「藤村詩集」（一九六八）
「萩原朔太郎詩集」（一九五〇）
「現代名詩選　中巻」（一九六九）
「海潮音」（一九五二）
「アポリネール詩集」（一九五四）
「定本　吉田一穂全集Ⅰ」（小澤書店、一九九二）
「新編　宮沢賢治詩集」（一九九一）
「日本近代詩鑑賞　明治篇」（一九五三）
「現代日本文学全集89　現代詩集」（筑摩書房、一九五八）
「伊東静雄詩集」（一九五七）
「新編　山之口貘全集　第1巻　詩篇」（思潮社、二〇一三）
「高村光太郎詩集」（一九五〇）
「田中冬二全集　第一巻」（筑摩書房、一九八四）
「鮎川信夫全集　第一巻　全詩集」（思潮社、一九八九）
「自選　谷川俊太郎詩集」（岩波文庫、二〇一三）
「飯島耕一・詩と散文　1」（みすず書房、二〇〇〇）
「定本木下夕爾詩集」（牧羊社、一九六六）
「見えない配達夫」（童話屋、二〇〇一）
「吉野弘全詩集」（青土社、一九九四）
「黒田三郎著作集1　全詩集」（思潮社、一九八九）
「吉本隆明全詩集」（思潮社、二〇〇三）
「深呼吸の必要」（晶文社、一九八四）

II

「詩及小品集　独歩全集9」（一九三九）
「現代詩人全集3　土井晩翠集」（一九三五）
「藤村詩集」
「高村光太郎詩集」

「現代詩人全集15　千家元麿集」（一九三六）
「室生犀星詩集」（一九六八）
「白秋全集３」（岩波書店、一九八五）
「現代日本文学全集89　現代詩集」
「新　校本宮澤賢治全集　第三巻」（筑摩書房、一九九六）
「美しい町　新装版金子みすゞ全集Ｉ」（ＪＵＬＡ出版局、一九八四）
「現代名詩選　中巻」
「中原中也詩集」（二〇〇〇）
「現代詩文庫１０２５　立原道造」（思潮社、一九八二）
「三好達治詩全集　一」（筑摩書房、一九七〇）
「伊東静雄詩集」
「金子光晴全集　第二巻」（中央公論社、一九七五）
「新編　丸山薫全集　１」（角川学芸出版、二〇〇九）
「私の前にある鍋とお釜と燃える火と」（童話屋、二〇〇〇）
「小野十三郎著作集　第一巻」（筑摩書房、一九九〇）
「せんねん　まんねん」（童話屋、一九九〇）
「伊藤比呂美詩集」（思潮社、一九八〇）
「現代詩文庫78　辻征夫」（思潮社、一九八二）

Ⅲ

「藤村詩集」
「室生犀星詩集」
「海潮音」
「新編　宮沢賢治詩集」
「萩原朔太郎詩集」
「現代名詩選　中巻」
「現代名詩選　下巻」（一九六九）
「中原中也詩集」
「中野重治詩集」（一九五一）
「小野十三郎著作集　第一巻」
「高村光太郎詩集」
「現代詩文庫１０３６　丸山薫」（思潮社、一九八九）

「現代詩文庫26　石原吉郎」（思潮社、一九六九）
「鮎川信夫全集　第一巻　全詩集」
「美しい国」（炉書房、一九四八）
「吉野弘全詩集」
「黒田三郎著作集1　全詩集」
「私の前にある鍋とお釜と燃える火と」
「村野四郎詩集」（一九六一）
「田村隆一全詩集」（思潮社、二〇〇〇）
「高見順全集　第二十巻」（勁草書房、一九七四）
「吉原幸子全詩Ⅰ」（思潮社、二〇一二）
「自分の感受性くらい」（花神社、一九七九）

Ⅳ

「海潮音」
「精選　日本近代詩全集」（ぎょうせい、一九八二）
「山村暮鳥詩集」（一九五二）
「コクトー詩集」（一九五四）
「さみしい王女　新装版金子みすゞ全集Ⅲ」
「八木重吉全集　第二巻　増補改訂版」（筑摩書房、二〇〇〇）
「三好達治詩集」
「西脇順三郎詩集」（一九六五）
「中原中也詩集」
「てんとむし」（川崎出版社、一九四七）
「厄除け詩集」（講談社文芸文庫、一九九四）
「現代の詩人8　川崎洋」（中央公論社、一九八三）
「村野四郎詩集」
「吉岡実全詩集」（筑摩書房、一九九六）
「山田今次全詩集」（思潮社、一九九九）
「出発　吉増剛造詩集Ⅰ」（河出書房新社、一九七七）
「新川和江全詩集」（花神社、二〇〇〇）
「吉野弘全詩集」

Ⅴ

「げんげと蛙」（教育出版センター、一九八四）
「山村暮鳥詩集」
「コクトー詩集」

「金子光晴全集　第三巻」（中央公論社、一九七六）
「現代詩文庫1025　立原道造」
「新編 山之口貘全集　第1巻 詩篇」
「光村ライブラリー第十八巻　おさるがふねをかきました　ほか」（光村図書出版、二〇〇二）
「表札など」（童話屋、二〇〇〇）
「谷川俊太郎詩集　続」（思潮社、二〇〇二）
「小学一年生」（小学館、一九八六年十一月号）
「阪田寛夫全詩集」（理論社、二〇一一）
「新・日本現代詩文庫13　新編　島田陽子詩集」（土曜美術社出版販売、二〇〇二）
「現代詩文庫177　入沢康夫　続」（思潮社、二〇〇五）

解説――切なくて、美しい。

石原千秋

詩の才能というか、芸術の才能がないと悟らされたのは、小学校五年生の時だった。国語の時間に「詩を作りなさい」という課題がでた。自分が詩を作るなどということは夢にも考えていなかったから、戸惑った。「詩とは何だろうか」と少しだけ考えたが、もちろん答えはでなかった。「何だかわからないが、とにかく文章を途中で改行すればいいのだろう」と、苦し紛れにそうしてみた。

教壇の先生のところへ持っていくと、はたして「こんなものは詩じゃないね」と吐き捨てるように言われて、「詩」を書いた紙を投げ返された。級友はみんな困った様子もなく「詩」を書き続けている。僕は教室でたった一人とり残されたようになって、もちろんとても傷ついた。それ以来、自分には詩だけでなく、芸術一般の才能がないものと諦《あきら》めている。そして、「詩はわからない」と思っている。それでも、詩を嫌いにはならなかった。それが不思議でならない。たぶん、「教科書」という本が魔法をかけたのだろう。

「詩とは何か」という問には、誰も答えられないだろう。「文学とは何か」という問にさえ、答えはないのだから。しかたがないから、研究者は「その時代に「文学」だとみんなが思っているものが「文学」である」ということにしている。たとえば、江戸時代には漢詩と和歌だけが「文学」だった。もちろん、武士や公家《くげ》という知識階級が作ったからだ。

井原西鶴《いはらさいかく》の浮世草子などは、いまで言えばサブ・カルチャーのような位置づけだったのではないだろうか。それでも、少し前に大流行した「ケータイ小説」も「小説」と名乗っている以上は「文学」と考えるしかない。サブ・カルチャーを大学や大学院で論じる学生も多くなってきた。もうすぐ、「文学」の仲間入りをするかもしれない。

戻ろう。「詩とは何か」。やはり、詩にとって改行は生命線のようにも思える。かつてある批評家が、新聞の小さな不動産広告をたくさん改行して、「これは詩に見えないか」と問いかけたことがある。すると、あら不思議、なんとなく詩らしく見えるではないか。しかし、絶対ではない。たとえば、この本に収録した長田弘「原っぱ」や伊藤比呂美「冬」は多くの詩のようには改行がなされていないが、詩である。やはり答えは出ない。それでも、ここにヒントはありそうだ。

現代芸術について、フランスの批評家ジャン・ボードリヤールが面白いことを言っている（塚原史訳『芸術の陰謀　消費社会と現代アート』NTT出版、二〇一一・一〇）。

むずかしいことではない。たとえば、「現代芸術」の象徴的「作品」としてよく引き合いにだされるマルセル・デュシャンの『泉』。使い古した水洗小便器に署名して展示しただけの「作品」である。告白すれば、僕にはその芸術性がわからない。ところがこう思ったとき、現代芸術の「陰謀」に引っかかったのだ。

現代芸術は「わからない」のに、「わからない」とは言わせない何かがあると感じてしまう。つまり、現代芸術はわざと「無内容・無価値」に見える「作品」を作る。そしてたちの悪いことに、この「作品」は「無内容・無価値」だと言い張る。一方で、現代芸術は「無内容・無価値」だと言うことは「嘘《うそ》」だと思わせて、「現代芸術が「無内容・無価値」なんて「嘘」だ」と言うことの方が「真実」であるように振る舞う。それが、現代芸術の「商業的な戦略」だと、ボードリヤールは言うのだ。まるでマッチポンプで、やや込み入った戦略だが、こう言われてみると心当たりがあるような気になる。

改行がくせ者なのだろう。視覚的にも文章を切断して、意味を通りにくくする。つまり、「わからない」仕掛けを施す。よく「行間を読む」と言うが、詩は行間が多すぎるのだ。そのことで意味が少し後ろに退いて、言葉というか、文字が少し前に出る。これが「詩はわからない」状態だ。だから、意味が前に出ている詩を読むとホッとする。「詩がわかる」気がしてくるからだ。もしかしたら意味がわかっているだけで、詩がわかっているわけではないかもしれないのに。

ふだんは頭の固い文部科学省も、詩に関しては便宜を図ってくれる。教科書の現代文は現代仮名遣いが大原則なのに、詩だけは旧仮名遣いが許されている。それはそうだろう。「てふてふが一匹韃靼《だったん》海峡を渡つて行つた。」（安西冬衛「春」）が「ちょうちょう」だったら台無しだ。「ちょうちょう」では文字が蝶蝶に見えない。この詩は、文字を読むというか、文字を見る詩である。もちろん、山村暮鳥「風景　純銀もざいく」も同様である。

しかし、ひとたび「詩にはわからないとは言わせない何かがあるのに、それがわからない」という恐怖心を植え付けられたら、散文詩でもそれが詩に見えれば「わからない」が起きる。現代芸術のように、詩にとっても「わからない」が大事なのだ。たとえば、詩を解釈してそれを提示したとき、百人中百人が賛同してくれてもまったく嬉《うれ》しくない。それは、誰もが言いそうなことを言っただけだったことを証明するにすぎないからだ。もっとも成功したと実感できるのは、百人のうち五十一人が賛同してくれて、四十九人が批判してくれたときだ。安易な賛同者をむしろ嫌悪《けんお》する。批判者こそが、解釈の独自性を証明してくれるからだ。

僕は詩に対して「詩がわからない」四十九人の中にいる。しかし、それが詩を詩たらしめているのではないだろうか。だから、僕のような凡庸な鑑賞者が「詩がわかる」五十二人目に加わったとき、詩は詩でなくなりはじめるように思う。これが「詩はわからない」から詩を考えることの意味だ。

ところが、教室こそが「詩はわからない」とは言えない空間で、教師の説明を聞いて「詩がわかった」と言わなければならない空間なのだ。その時僕たちは、「ほんとうは、詩はわからない」という言葉を呑《の》み込む。けれども、それは正直な感想だと思う。たいていの場合、教師の説明は意味の説明であって、詩の説明ではないからだ。詩を置き去りにして「詩がわかった」と言わなければならないのである。繰り返すが、詩は「わからない」の中にしかあり得ないから。

だから「詩はわからない」と言えなかった教室で、僕たちは密《ひそ》かに自分だけの詩にであっていたのかもしれない。

たとえば吉野弘「夕焼け」はとてもすばらしくてとてもわかりやすい詩だ。しかし、最後の「美しい夕焼けも見ないで」というフレイズにであったとき、僕たちの方が詩の世界から置き去りにされた感覚を味わうはずだ。「娘」が「美しい夕焼けも見ない」だろうことを知っているのは詩の中の「僕」だ。けれども、たぶん僕たちの心は「美しい夕焼けも見ないで」「固くなってうつむいて」いる「娘」の方にある。つまり、僕たちの心は「僕」にもなれず「娘」にもなれず、同時に「僕」にも「娘」にもなる。この不安定な感覚が「詩はわからない」を引き寄せる。そして、教室こそが「詩がわからない」僕たちを一人ぼっちにする空間だった。その時、一人ぼっちになった僕たちは、痛切に自分の心を見つめている。それが「詩がわかる」ことでなくて何だろう。だから言うのだ。「詩がわかる」は「詩はわからない」からしか生まれないのだと。

教室でであった詩がいつまでも切なくて美しいのは、こういう理由からにちがいない。

（平成二十六年九月、早稲田大学教授）

この作品は新潮文庫オリジナルである。

島崎藤村著

藤村詩集

「千曲川旅情の歌」「椰子の実」など、日本近代詩の礎を築いた藤村が、青春の抒情と詠嘆を清新で香り高い調べにのせて謳った名作集。

島崎藤村著

千曲川のスケッチ

詩から散文へ、自らの文学の対象を変えた藤村が、めぐる一年の歳月のうちに、千曲川流域の人びとと自然を描いた「写生文」の結晶。

亀井勝一郎編

武者小路実篤詩集

平明な言葉、素朴な響きのうちに深い人生の知恵がこめられ、〝無心〟へのあこがれを東洋風のおおらかな表現で謳い上げた代表詩117編。

天沢退二郎編

新編 宮沢賢治詩集

自己の心眼と森羅万象との絶えざる交流と融合とによって構築された独創的な詩の世界。代表詩集『春と修羅』はじめ、各詩集から厳選。

宮沢賢治著

新編 風の又三郎

谷川に臨む小学校に突然やってきた不思議な転校生――少年たちの感情をいきいきと描く表題作等、小動物や子供が活躍する童話16編。

宮沢賢治著

新編 銀河鉄道の夜

貧しい少年ジョバンニが銀河鉄道で美しく哀しい夜空の旅をする表題作等、童話13編戯曲1編。絢爛で多彩な作品世界を味わえる一冊。

福永武彦編　室生犀星詩集

幸薄い生い立ちのなかで詩に託した赤裸々な告白——精選された187編からほとばしる抒情は詩を愛する人の心に静かに沁み入るだろう。

室生犀星著　杏っ子　読売文学賞受賞

野性を秘めた杏っ子の成長と流転を描いて、父と娘の絆、女の愛と執念を追究し、また自らの生涯をも回顧した長編小説。晩年の名作。

神西清編　北原白秋詩集

官能と愉楽と神経のにがき魔睡へと人々をいざなう異国情緒あふれる「邪宗門」など、豊麗な言葉の魔術師北原白秋の代表作を収める。

河上徹太郎編　萩原朔太郎詩集

孤独と焦燥に悩む青春の心象風景を写し出した第一詩集「月に吠える」をはじめ、孤高の象徴派詩人の代表的詩集から厳選された名編。

河盛好蔵編　三好達治詩集

青春の日の悲しい憧憬と、深い孤独感をたたえた処女詩集「測量船」をはじめ、澄みきった知性で漂泊の風景を捉えた達治の詩の集大成。

吉田凞生編　中原中也詩集

生と死のあわいを漂いながら、失われて二度とかえらぬものへの想いをうたいつづけた中也。甘美で哀切な詩情が胸をうつ。

上田敏訳詩集

海潮音

ヴェルレーヌ、ボードレール、マラルメ……ヨーロッパ近代詩の翻訳紹介に力を尽し、日本詩壇に革命をもたらした上田敏の名訳詩集。

佐藤春夫著

田園の憂鬱

都会の喧噪から逃れ、草深い武蔵野に移り住んだ青年を絶間なく襲う幻覚、予感、焦躁、模索……青春と芸術の危機を語った不朽の名作。

伊藤信吉編

高村光太郎詩集

処女詩集「道程」から愛の詩編「智恵子抄」を経て、晩年の「典型」に至る全詩業から精選された百余編は、壮麗な生と愛の讃歌である。

高村光太郎著

智恵子抄

情熱のほとばしる恋愛時代から、短い結婚生活、夫人の発病、そして永遠の別れ……智恵子夫人との間にかわされた深い愛を謳う詩集。

樋口一葉著

にごりえ・たけくらべ

明治の天才女流作家が短い生涯の中で残した名作集。人生への哀歓と美しい夢が織りこまれ、詩情に満ちた香り高い作品8編を収める。

芥川龍之介著

侏儒《しゅじゅ》の言葉《ことば》・西方《さいほう》の人

著者の厭世的な精神と懐疑の表情を鮮やかに伝える「侏儒の言葉」、芥川文学の総決算ともいえる「西方の人」「続西方の人」など4編。

谷川俊太郎著

夜のミッキー・マウス

詩人はいつも宇宙に恋をしている——彩り豊かな三〇篇を堪能できる、待望の文庫版詩集。文庫のための書下ろし「闇の豊かさ」も収録。

谷川俊太郎著

ひとり暮らし

どうせなら陽気に老いたい——。暮らしのなかでふと思いを馳せる父と母、恋の味わい。詩人のありのままの日常を綴った名エッセイ。

谷川俊太郎著

トロムソコラージュ

鮎川信夫賞受賞

ノルウェーのトロムソで即興的に書かれた表題作、あの世への旅のユーモラスなルポ「臨死船」など、時空を超える長編物語詩6編。

糸井重里監修
ほぼ日刊イトイ新聞編

言いまつがい

「壁の上塗り」「理路騒然」。言っている本人は大マジメ。だから腹の底までとことん笑える。正しい日本語の反面教師がここにいた。

南伸坊
糸井重里著

黄昏

—たそがれ—

運慶? タコの血? 「にべ」と「おだ」? 鎌倉から日光そして花巻へ、旅の空に笑いの花が咲き誇る。面白いオトナ二人の雑談紀行。

早野龍五
糸井重里著

知ろうとすること。

原発事故後、福島の放射線の影響を測り続けた物理学者と考える、未来を少しだけ良くするためにいま必要なこと。文庫オリジナル。

新潮ことばの扉

教《きょう》科《か》書《しょ》で出《で》会《あ》った名《めい》詩《し》一〇〇

新潮文庫　し－24－1

平成二十六年十一月一日発行

監修　石《いし》原《はら》千《ち》秋《あき》

編者　新《しん》潮《ちょう》文《ぶん》庫《こ》編《へん》集《しゅう》部《ぶ》

発行者　佐藤隆信

発行所　株式会社　新潮社

郵便番号　一六二―八七一一

東京都新宿区矢来町七一

電話　編集部(〇三)三二六六―五四四〇

読者係(〇三)三二六六―五一一一

http://www.shinchosha.co.jp

価格はカバーに表示してあります。

乱丁・落丁本は、ご面倒ですが小社読者係宛ご送付ください。送料小社負担にてお取替えいたします。

印刷・二光印刷株式会社　製本・株式会社植木製本所

Printed in Japan

ISBN978-4-10-127451-5 C0192